世話好きで可愛いJK3姉妹だったら、おうちで甘えてもいいですか？

はむばね

ファンタジア文庫

2910

口絵・本文イラスト　ＴｗｉｎＢｏｘ

世話好きで可愛いJK3姉妹だったら、
おうちで甘えてもいいですか？
Sewazukide Kawaii JK 3Shimai Dattara, Ouchide Amaetemo Iidesuka?
はむばね
イラスト TwinBox

プロローグ　神と深酔《ふかよ》いと出会いと女子中高生と

「貴方《あなた》が神ですか？」

そんな風に聞かれた時、人はどう答えるか。

は？　と聞き返す。いえ違《ちが》います、と素《す》で返す。はいそうです、とネタで返す。

人によって様々だろうが、今回その問いかけを受けた当人である人見《ひとみ》春輝《はるき》の答えは。

「……また？」

で、あった。

なぜならば、そう聞かれたのが今夜既《すで》に三回目だったためである。

春輝は、ここ十数分のことを思い出す。

「うぃっく……はーチクショー！　行きたかったぞ小枝《こえだ》ちゃんのトークライブ！」

中小ＩＴ企業《きぎよう》に勤める社畜《しやちく》である春輝はこの日の会社帰り、千鳥足で空に向かってそんな言葉を叫《さけ》んでいた。今日は本来、新進気鋭《きえい》の女性声優・葛巻《くずまき》小枝のトークライブに参加する予定だったのだ。春輝は彼女の新人時代からのファンであり、今日も最前列の席で見守る……はずだったのに。

「よりにもよって今日止まりやがるかよ、あの糞《くそ》システム……！」

自分が担当するシステムに障害が発生してしまえば、エンジニアとしては復旧を優先せざるをえない。結局障害対応は長時間に及《およ》び、退勤する頃《ころ》にはトークライブなどとっくに終演している時間だった。ヤケ酒を呷《あお》るくらい許されても良いだろう。

「っとと……やべぇ、流石《さすが》に飲みすぎたか……」

しかし足がもつれて転びそうになるに至り、少しだけ自省する。

「ちょっと休んでくか……」

酔い覚ましがてら、春輝はちょうど通りかかった公園へと足を踏《ふ》み入れた。割と大きめの公園で、あちらこちらに人の姿が見られる。その中には、カップルの割合も多かった。

「はっ……三次に興味なんてねぇわ……」

齢《よわい》二十七にして独り身、現在彼女ナシの男は、負け惜《お》しみ気味に吐《は》き捨てながらベンチに腰《こし》を下ろした。春先の風はまだ少し冷たいが、酔いで火照《ほて》った身体《からだ》にはちょうどいい。

「こういう時は、小枝ちゃんの歌を聴《き》くに限る……」

スマホを取り出し、音楽プレイヤーアプリを起動。『小枝ちゃん』と表示されているフォルダを開く。碌《ろく》な楽しみの無い日々の中で、彼女の歌声だけが春輝の癒《い》やしであった。

「はぁ……なんかいいことねーかな……アニメみたいに、ビックリするような……」

項垂《うなだ》れながら実に疲《つか》れた社畜オタクらしい呟《つぶや》きを漏《も》らし、スマホに接続したイヤホンを耳に——付けようとした、その直前であった。

「あの……お兄さんが、神……ですか……？」

そんな風に、話しかけられたのは。

「……は？」

呆《ほう》けた声と共に、春輝はイヤホンを持った手を停止させて顔を上げる。

目の前に、制服姿の少女が立っていた。あどけなさが多分に残るその顔立ちから、中学生くらいかと思われる。肩《かた》辺りまで伸《の》びた髪《かみ》は、黒のストレート。所在なげに小柄《こがら》な体躯《たいく》を揺《ゆ》らす様が、何かに怯《おび》える小動物の姿を彷彿《ほうふつ》とさせた。

「えっ、と……？　今の、俺に言ったの……？」

彼女の大きな目は間違いなく春輝に向けられており、その可能性が高いのだろうとは思ったが。そう、問い返さずにはいられなかった。

「……うん」

果たして、少女は俯《うつむ》きがちながらもハッキリと頷《うなず》いた。

（えっ、何、神？　宗教勧誘《かんゆう》か何か？　いや、だとしても「神ですか？」はおかしいだろ。

なんだ、そういう遊び？　まさか、俺から何かしらのオーラでも出てるのか？）

突然《とつぜん》の事態に混乱する頭の中で、そんなことを考える。

「……？」

黙《だま》り込んだ春輝に疑問を覚えたのか、少女が首を傾《かし》げた。

「もしかして……神じゃ、ない？」

「う、うん、たぶん神ではない……と、思うけど……」

尋《たず》ねてくる少女へと、曖昧《あいまい》に頷く。

「そっか……ごめんなさい、人違いでした」

すると少女はペコリと頭を下げた後、踵《きびす》を返して走り去ってしまった。

最後に垣間《かいま》見《み》えた表情に、どこか安堵《あんど》したような雰囲気《ふんいき》があったのはなぜなのか。

「な、なんだったんだ……？」

少女の背中を呆然《ぼうぜん》と見送りながら、呟く。

「酔っ払《ぱら》いすぎて見えた幻覚《げんかく》とかじゃないよな……？　……もうちょい休んでくか」

幻覚が見える程《ほど》に泥酔《でいすい》している可能性も一応考慮《こうりょ》し、春輝はベンチに腰を据《す》え直した。

「小枝ちゃんの曲……は、今はやめとくか……」

なんとなく気勢を削《そ》がれ、ぼんやりとスマホで適当なまとめサイトを見ること数分。

「やっほー、そこの一人で寂《さび》しそうなオニーサン。キミが神なのかな？」

先程とは違う声で同じ質問を投げかけられて、春輝は再び顔を上げた。

今度は、高校生くらいだろうか。明るいブラウンのミディアムヘア、着崩《きくず》した制服に濃《こ》いめのメイク、初対面なのにやたら親しげな雰囲気……といった点から、春輝の脳裏《のうり》に『ギャル』という単語が連想された。先程の少女は『可愛《かわい》い』としか形容しようがなかったが、こちらは『美人』と称《しょう》するべきだろう。

「いや、違うけど……」

二度目ともなれば先程よりは幾分《いくぶん》混乱も少なく、春輝はとりあえず否定を返した。

「あ、そなの？」

すると、少女はぱちくりと目を瞬《またた》かせる。

そんな仕草は、最初の印象より少し幼く見えた。

「ごめんごめん、じゃあ人違いだ」

片手を手刀状にして、軽い調子で謝罪する少女。

「そんじゃね、オニーサン」

ウインク一つ、手を振《ふ》りながら去っていった。

「……流行《はや》ってるのか？　それとも、この周辺には神が出没《しゅつぼつ》するって噂《うわさ》でもあるのか？」

独りごちるも、勿論《もちろん》誰《だれ》からも答えなど返ってこない。

「最近の若い子のことはわからんなぁ……」

だいぶオッサン臭《くさ》い呟きが漏れた。

「……なんか、むしろ酔いが余計に回ってきたような気すらするな」

混乱が泥酔と混じり合い、まだ休んでいく必要を感じる春輝であった。


そして、現在。

──貴方が神ですか？

三回目に声をかけてきたのも、制服姿の少女であった。

今までの二人と比べれば、随分《ずいぶん》大人びた雰囲気を纏《まと》っている。最初の少女が子供体型、二人目の少女が比較的《ひかくてき》スレンダーだったのに対して、彼女は身体の膨《ふく》らみも『大人』な感じだ。腰にまで届く真《ま》っ直《す》ぐな黒髪も手伝って、見る者に清楚《せいそ》な印象を抱《いだ》かせる。少しタレ気味の優《やさ》しそうな目の中心で、その瞳《ひとみ》が不安そうに揺れていた。

……と、いうか。

「……小桜《こざくら》さん？」

今回は、春輝の知っている顔だった。

小桜伊織《いおり》。春輝が勤める会社でバイトをしている女子高生である。

「……えっ、人見さん？」

伊織もようやく相手が春輝であることを認識《にんしき》したらしく、驚《おどろ》いた顔となった。

「そんな、人見さんが神……？」

次いでその表情が、疑問と気まずさの入り混じったようなものとなる。

「でも、知らない人よりは安心かも……それに私、人見さんになら……でもでも、こんな形でなんて……って、そんなこと言ってる場合じゃないよね……」

何やら、ブツブツと呟きながら葛藤《かっとう》している様子だが。

「あのさ、小桜さん」

春輝は、告げなければならなかった。

「俺、神じゃないんだけど」

過去二回と、同じ内容を。

俺、神じゃないんだけど。こんな言葉を口にする日が来るとは思ってもみなかった。

「えっ、そうなんですか⁉」

割とあっさり納得《なっとく》してくれた先《さき》の二人と違い、なぜか伊織は驚愕《きょうがく》の表情を浮《う》かべる。

「逆に、俺のどこに神要素があると思ったの……？」

「いえ、その、人見さんは優しいので、そういうこともあるかと……」

「はい……？」

優しいと、人は神になるというのか。初めて聞く学説であった。

「ごめん、ちょっと説明してもらっていいかな？　急に、神とか言われてもさ……」

「そ、そうですよね……！」

ようやくそこに思い至ったのか、伊織は何度も頷く。

「実は私たち、神待ちで…………あっ⁉」

そして話し始めた途端《とたん》、「しまった」といった風に自分の口を押さえた。

「神待ち……？」

その単語は、春輝も聞いたことがあった。いわゆる家出少女が、泊《と》めてくれる人を掲示《けいじ》板《ばん》などで探すこと。『救いの手を差し伸べてくれる』という意味で、泊めてくれる相手を『神』と称するのだとか。それだけならば、親切な人もいるものだという話で済むのだが……実際のところ、『神』のほとんどは男性であり。そういう行為《こうい》が前提であると聞く。

「ち、違うんですっ！」

まだ春輝は何も言っていないのに、伊織が力強く否定の言葉を発した。

「私、処女なので！」

「…………………は、はい？」

続いた突然のカミングアウトに、春輝の目が点になる。

「ま、間違えました！」

公園のどこか頼《たよ》りない照明の下でも、彼女の顔が赤く染まるのがハッキリわかった。

「いえ処女は処女なんですけども、同時に神待ち処女でもあると言いますか！　これが初犯で！　いや、初犯の時点で駄目《だめ》なんですけどまだ未遂《みすい》っていうか！　別にいつもこういうことをしてるわけじゃなくて、止《や》むに止まれぬ事情がありまして！」

「わ、わかった、わかったから、ちょっと落ち着いて」

喋《しゃべ》りながら吐息《といき》が感じられる程の距離《きょり》まで迫《せま》ってきた伊織の肩を、そっと押し返す。

「あっ、あっ、すみません……！」

カッと更《さら》に顔を赤くし、伊織は勢いよく上体を反らした。

「ええと……それで、その『神』と俺を間違えたと？」

「はい……この公園で待ち合わせしてるんですけど、思ったより広くて……もっと細かい場所を決めたり特徴《とくちょう》を教えてもらったりしておくべきだったと、反省しきりです……」

トーンダウンした声で、伊織はコクリと頷く。初歩的と思われるミスをしている辺り、確かにこの手のことに慣れているわけではなさそうだ。

（しかし、つーことは今夜この公園だけで三人も『神待ち』の女の子がいるってことかよ……しかも、あんな小さい子まで……世も末だな……）

ぼんやりと先の二人のことを思い出し、少し暗澹《あんたん》たる気持ちとなる。

「じゃあ、君と待ち合わせしてる人は知り合いってわけじゃないんだな？」

そんな気分を表に出さないよう注意しながら、伊織に確認。

「はい、顔どころか本名も知りません。ネット上でやり取りをしただけですので……」

「そっか……」

ふぅ、と春輝は小さく息を吐《は》いた。

先程伊織は春輝のことを「優しい」と称したが、春輝自身は自分のことを少しもそんな風に思ってはいない。むしろ、極度の面倒《めんど》くさがり屋かつ事なかれ主義であると自負していた。気にはなったが、彼女の言う『止むに止まれぬ事情』とやらを尋ねなかったのもそのためである。厄介《やっかい》事の気配しかしない。

が、しかし。ここで知り合いの少女を放り出し、今夜気持ちよく眠《ねむ》れる程に冷たい人間でもなかった。というか、気になって眠れなくなってしまうこと請《う》け合いだ。それは、優しさというよりは気の小ささゆえなのだが……それはともかく。

（さりげなく……そう、ラブコメ作品で主人公とヒロインの距離が縮まるようなイベントを裏から演出する友人キャラの如《ごと》きさりげなさで……）

内心で、そんなことを呟《つぶや》きながら。

「あぁ、それじゃあさ」

春輝は、いかにも今思い付きましたとばかりの口調で切り出す。

「とりあえず今日のとこは、ウチに泊まれば？」

何気ない風を装《よそお》ってはいるが、内心では結構ドキドキしていた。

「えっと……そう言っていただけるのは大変ありがたいのですが……」

それに対して伊織は視線を泳がせ、口調も大変歯切れが悪い。

（あれ、俺ってもしかしてあんまり信用されてない……？）

同僚《どうりよう》として多少は信頼《しんらい》関係を築けていると思っていたので、若干《じやつかん》落ち込む春輝。

「ウチ、結構部屋余ってるしさ。知り合いの方が安心出来るだろ？」

少し早口で、言い訳がましくそんな言葉を付け足す。

（って、これじゃむしろ下心があるみたいじゃねぇか……！）

背中を、変な汗《あせ》が流れていった。

「その、私、まだ人見さんに事情を全部話していなくて……」

「あ、それは言いたくないなら別に……」

「いえ、そういうことではなくて……」

春輝と伊織が、お互《たが》いにモニョモニョした感じで会話していたところ。

「お姉ー。神、こっちにはいなかったよー」

「イオ姉、こっちもダメだった……」

横合いから、そんな声が聞こえてきた。

春輝と伊織、同時にそちらへと顔を向ける。

「あっ、さっきの人……」

「おー、さっきはごめんねー。お姉、そのオニーサンは神じゃないってさー」

幼い少女が春輝を指差し、それより少し年上だろう少女がピッと手で敬礼してきた。

「あっこら白亜《はくあ》！　人を指差しちゃ駄目でしょ！　露華《ろか》も、ちゃんと敬語使いなさい！」

二人へと、伊織が「めっ」と指を立てて説教する。

「あれ……？　君ら、知り合いなの……？」

思わぬ展開に、春輝は目を瞬かせる。

(ていうか、『お姉』に『イオ姉』って……)

片や、その幼さゆえ。片や、濃《こ》いめのメイクゆえ。今まで気付かなかったが、こうして三人で並んでいると彼女たちの顔立ちがどこか似ているものであることがわかる。

「あ、はい。私たち、姉妹《しまい》で」

果たして、伊織が口にした言葉は春輝の予想していたものであった。

「えと、というか人見さんの方こそ、妹たちをご存じなんですか……？」

「あぁ、さっきちょっとな……」

ここに来て、春輝の中で線が繋《つな》がった気がした。

（『三人の神待ち』がいたんじゃなくて、『三人で神待ち』してたわけか……）

先程《さきほど》、伊織が「私たち、神待ちで」と言っていたことにも今更ながらに思い至る。

そして、伊織の歯切れが悪かった理由もなんとなく察した。

「つまり、小桜さんは三人で泊まれる場所を探してるわけか」

「はい……掲示板の方とはそれで合意が取れているのですが、流石《さすが》に人見さんにとって知り合いでも何でもない妹たちまでお世話になるのは……」

確かに、普段《ふだん》であれば春輝も知らない相手を家に泊めることを躊躇《ちゆうちよ》したであろう。しかし、今更ここで放り出してはやはり目覚めが悪い。まして、少なくとも一人は知り合いなのだ。それに、伊織の妹なのであれば悪い子ではないのだろうという気もした。

（ははっ……なんだか、ラブコメみたいな状況《じようきよう》じゃんか。こういう時、主人公なら……）

そして、何より……今の春輝は、酒によってだいぶ気が大きくなっていたので。

「構わねぇ、三人まとめて泊まってけ！」

胸をドンと叩《たた》いて、そう宣言したのであった。

「い、いいんですか……？」

「おー！　オニーサン、太っ腹だねー！」

「あ、ありがとう……」

恐縮《きょうしゅく》、歓喜《かんき》、当惑《とうわく》。三人、それぞれ別々の感情をその顔に浮かべる。

もしもこの日、春輝に残業が発生していなければ。ヤケ酒が入っていなければ。公園で休んでいこうとしなければ。伊織に話しかけられる前に帰っていれば。

様々なｉｆを超《こ》えて、この夜に春輝は三人の少女を家に招くことになった。

あるいはそれは、運命と呼ぶべきものだったのかもしれず。

彼女たちの存在によって、自分の生活が大きく変わることを。

この出会いが、『アニメみたいに、ビックリするような』日々の始まりであったことを。

この時の春輝は、まだ知らない。

第1章　社畜《しやちく》と二日酔《ふつかよ》いと味噌汁《みそしる》と新しい日々と

「起きて……お兄さん、朝だよ」

「んんっ……？」

ゆさゆさと身体《からだ》を揺《ゆ》すられる感覚に、春輝《はるき》の意識はゆっくりと浮上《ふじよう》してきた。

「うげっ、頭いってぇ……」

酷《ひど》い頭痛を感じる。露骨《ろこつ》な二日酔いだった。

が、これについてはさして珍《めずら》しいことではない。むしろ、仕事の疲《つか》れや愚痴《ぐち》を酒で誤魔《ごま》化《か》す傾向《けいこう》にある春輝にとっては慣れ親しんだ感覚であるとさえ言える。

いつもと違《ちが》うのは、二点。

一つは、トントントントン……と、包丁でまな板を叩くような音が聞こえてくること。

それから、もう一つは。

「……起きた？」

目を開けた途端に、見慣れぬ少女の顔が視界に飛び込んできたということである。

「え、あれ？　……は？」

脳の処理が追いつかず、春輝は目を白黒させた。

（夢……？　それとも、ついに二次元の世界に飛び込めたのか……？　いや、どう見ても三次の女の子だけど……つーか、誰《だれ》だこの子……？）

寝起《ねお》きの頭で、ぼんやりと考える。

「……起きてない？」

「あ、いや、起きた……と、思うけど……」

首を傾《かたむ》ける少女に答えると、少女は一つ頷《うなず》いて踵《きびす》を返した。

「朝ご飯、もうすぐ出来るってイオ姉が。来て」

「あ、うん……」

促《うなが》されるままにベッドを降りて、少女に続いてキッチンへと向かう。

その後ろ姿を見て、今更ながらに彼女が制服姿であることに気付いた。

そして、キッチンに入ると。

「あっ、春輝さん。おはようございます、キッチンお借りしてますね」

制服の上にエプロンを掛《か》けた少女が振《ふ》り返ってきて、春輝の脳は更なる混乱に陥《おちい》った。

「っはよー……って、あははっ！　春輝クン、寝癖《ねぐせ》すっごいよ！」

更にもう一人、制服姿の少女がテーブルに皿を並べながら春輝を見て笑っている。

（……あぁ、そうか）

徐々《じょじょ》に頭が働き始めてきた春輝の脳裏《のうり》に、昨日の夕方からの記憶《きおく》が蘇《よみがえ》ってきた。

◆　◆　◆

人見《ひとみ》春輝は、どこに出しても恥《は》ずかしくない社畜である。

「よし、残るはこのコマンドのみ……」

この日も朝から膨大《ぼうだい》な業務をこなし、既《すで》に時刻は定時間際《まぎわ》。普段であればむしろここからが本番開始なのだが、今日は現在実施《じっし》しているシステムテストが完了《かんりょう》すれば業務終了となるように調整していた。春輝にしては大変珍しく、定時上がりの予定だ。

なぜならば、この後に大事な大事な用事が控《ひか》えているためである。

（これが通れば、小枝《こえだ》ちゃんのトークライブには余裕《よゆう》で間に合う……！）

そう考えながら、ッターン！　とエンターキーを力強く打つ。

（さぁ、どうだ……？）

結果に、エラー無し。テストは正常完了だ。

（うっし……！）

内心で、ガッツポーズ。

「人見くん、来週の会議で使う資料なんだけどさ。作成お願い出来る？」

「あ、はい。承知です」

そのタイミングで先輩《せんぱい》社員から依頼《いらい》が入ったので、春輝は軽く頷いて返した。

「人見、週末の業者受け入れの担当だけど、人見にしといていい？」

「問題ないッス」

「人見ちゃん、今度のメンテの作業者、君にしとくよー」

「はい、やっときます」

「サーセン人見さぁん、こないだの障害について説明してほしいってお客さんがー」

「うぃ、明日行ってくる」

次々舞《ま》い込んでくる仕事を、全《すべ》て受け入れる。

春輝は、基本的に人の頼《たの》みを断るということをしない。それは、人が良いから……というわけではなく。断るためのコミュニケーションや、その結果生じるかもしれない人間関係の変化がめんどい、というのが主な理由である。だから、返事も必要最低限だった。

「人見さん、頼まれてたデータ入力終わりましたっ！」

「ん、ありがとう小桜《こざくら》さん」

それは、バイトである小桜伊織《いおり》に対しても同じである。

「いえいえ！　次は何を致《いた》しましょう！」

張り切った調子で、前のめりに尋《たず》ねてくる伊織。

「いや、今日のところはもう頼むことはないかな」

「あ、そうですか……」

しかし春輝の答えに、シュンと項垂《うなだ》れる。

平素であれば、そんな姿もスルーなのだが。

「小桜さんはいつもやる気満々だね」

この後の『お楽しみ』ゆえ機嫌《きげん》の良い春輝は、気まぐれにそんなコメントを口にした。

「はいっ！　人見さんのお役に立ちたいと思っていますので！」

すると伊織は、勢いよく顔を上げてフンスと鼻息も荒《あら》く言い切る。

（……んんっ？　俺の……？）

春輝が首を傾《かし》げる中、伊織はハッとした表情となった。

「ま、間違えました！」

その顔が、見る見る真っ赤に染まっていく。

「えと、あの、会社のです！　会社のお役に立ちたいと思っているのです！」

「そ、そうだよね……」

必死な様子で言葉を重ねる伊織に、「はは……」と春輝は苦笑《くしょう》を返した。

「まぁ、もうすぐ定時だし帰り支度《じたく》でもしといて」

「は、はいっ！　了解です！」

赤い顔のまま踵を返し、伊織はパタパタと駆《か》け足で自席に戻《もど》っていく。

それをぼんやり見送る春輝の耳に、周囲の話し声が入ってきた。

「伊織ちゃん、今日も可愛《かわい》いねぇ」

「青春、って感じですなぁ」

「にしても、人見の奴《やつ》は……そうだよね、じゃねぇよ……」

「今に始まったこっちゃねぇけど、全然小桜さんの気持ちに気付かねぇんだもんなぁ」

生暖かい視線が向けられるのを感じ、春輝は口を『へ』の字に曲げる。

（小桜さんの気持ちくらい、わかってるっての）

口に出さないのは、同僚《どうりょう》と雑談するという習慣が春輝には全く存在しないためである。

（仕事が大好き、ってことだろ？）

もしここに読心術を習得した者がいれば、やっぱ一ミリもわかってないじゃねぇか！

といったツッコミが入ったことであろう。

「いいですねぇ先輩、女子高生におモテのようで」

同僚と雑談するという習慣が全く存在しない春輝ではあるが、唯一《ゆいいつ》例外は存在する。

それが、揶揄《やゆ》する調子で話しかけてきた彼女……桃井《ももい》貫奈《かんな》だ。

二つ下の後輩で、春輝が彼女の新人時代にOJTを担当して以来ずっと同じチームに属している。やや茶味がかったミディアムヘアはキッチリ整えられており、シックな服装をビシッと着こなす姿に細いフレームの眼鏡もよく似合っていた。出来る女感をバリバリに身に纏《まと》い、実際チームのエース級に成長しつつある才女だ。

「冗談《じょうだん》でも馬鹿《ばか》なこと言うなっての。噂《うわさ》になったりしたら小桜さんが可哀相《かわいそう》だろ」

春輝の口調も、他の同僚と接する時よりも随分《ずいぶん》と気安いものである。

「ま、この俺がモテるなんて話を信じる奴もいないだろうけど」

「はぁ……まったく、先輩のそういうとこは昔っから変わりませんねぇ……」

ちなみに、この会社に先輩社員を『先輩』と呼ぶ文化は存在しない。

にも拘《かか》わらず、なぜ彼女が春輝のことをそう呼ぶのかというと。

「知ってます？　実は、高校の頃《ころ》から先輩のことをずっと好きな女性がいるんですよ？」

彼女は春輝にとって、高校の頃からの後輩でもあるためだ。大学まで一緒《いっしょ》だったのはともかくとして、入社式で彼女を見かけた時は驚《おどろ》いたものである。偶然《ぐうぜん》とは恐《おそ》ろしいものだ
……と、春輝は思っている。

「嘘《うそ》つくなら、もうちょいリアリティのある設定にしろよ。ていうか俺、高校時代から付き合いのある奴なんてお前くらいだぞ？」

「……はぁ」

鼻で笑う春輝に、貫奈は先程《さきほど》よりも大きく溜《た》め息《いき》を吐《つ》いた。

「もう自分で答え言ってるのに、なんで気付かないかなこの人は……まぁライバルの気持ちにも気付かない、っていう意味では悪いことばかりでもないんだけど……」

顔を横に向けてのボソボソとした呟《つぶや》きは、春輝の耳には届かない。

「あー……と、ところで、先輩」

顔を逸《そ》らしたまま、貫奈の声が若干上擦《じゃっかんうわず》った。

「今日は朝から、随分とご機嫌のようですね？」

「……わかるのか？」

自分の顔を撫《な》でながら、春輝は小さく首を傾げる。

「先輩の表情は、わかりやすいですから」

「そうかな……？」

むしろ、他の人からは感情がわかりづらいと言われることの方が多いのだが。

「それはやはり、今日の作業が順調に終わることが見込めていたからでしょうか？」

「まぁ、そうとも言えるかな……？」

正確には、そうなるように全力で調整した結果である。全てを明日以降の自分に放り投げた結果、というのがより正確な表現かもしれないが。

「ということは、今日は早く上がれそうだと」

「このまま何事もなければな」

どこか白々しい印象を受ける貫奈の口調に疑問を覚えつつも、答える。

「では、その、良ければなんですけど……仕事上がりに飲みにいきませんか？」

「あ、悪い今日用事入れちゃってるわ」

「……ですよねー」

彼女はこうしてちょくちょく飲みに誘《さそ》ってくれるのだが、春輝が早く上がる時というのは（主にオタク関連の）用事がある時であり、ほとんど実現したことはない。それでも懲《こ》りずに誘ってくれる辺り、飲み会が好きなのだろうと春輝は思っている。

「先輩、ちょくちょく用事があるって早く帰りますけど何をしているんですか？」

少しだけ拗《す》ねたような口調で、貫奈が尋ねてきた。

「……いや別に、大したこともない野暮用《やぼよう》だよ」

ちなみに春輝は、オタクであることを周囲に隠《かく》している。それは、高校の頃からの付き合いである貫奈に対しても同様であった。中学時代、イジメとはいかないまでもかなりのオタク弄《いじ》りをされて、それ以来極力人にはオタク趣味《しゅみ》を明かさないでいるのだ。

と、貫奈と会話を交《か》わしているうちに定時を告げるチャイムが鳴った。

「おっと、それじゃ俺はこれで……」

これ幸いと、春輝は話を打ち切る。既に、帰る準備はほとんど終わっていた。

後は念のため、新着メールがないかチェックするだけ……の、はずだったのだが。

「……おい、ちょっと待てこれ」

ドッと汗《あせ》が噴《ふ》き出してきた。メールフォルダ……それも、エラー通知メールだけを振り分けているはずのフォルダに、大量の新着メールが入り始めたためだ。

直後、オフィスのあちこちから電話が鳴り響《ひび》き始める。

「人見！　オペレーターさんから電話で、サーバルームでアラームランプが点灯してるってよ！　たぶんハード障害だけど、これお前んとこのシステムだよな!?」

「人見くん……なんか、連携《れんけい》システムでもエラー出まくってるんだけど……これも、恐らくそっちのシステムが止まった影響《えいきょう》だよねぇ……」

「人見さーん！　お客さんからお電話ッスー！　定時間際にシステム止まっちゃったせいか、めっちゃ怒《おこ》ってまーす！　アタシじゃ収めるの無理めなんスけどー！」

次いで、続々と上がってくる報告。

「先輩……ご愁傷《しゅうしょう》さまです。とりあえず、サーバルームの方は私で対応しておきますね」

「うん、よろしく……」

苦笑気味に言ってくる貫奈に、春輝は力なく返事する。

「あ、あの、人見さんっ。私に出来ることとかって……」

「いや特に無いし、バイトはちゃんと定時で帰りな」

「はい……」

駆け寄ってきた伊織に短く返すと、伊織はシュンと項垂れて踵《きびす》を返した。

「人見くぅん」

そのタイミングで、のっしのっしと上席から近づいてくる巨体《きょたい》は樅山《もみやま》課長である。

「今日定時で申請《しんせい》出てるけど、残業申請に切り替《か》えとくね？」

悪い人ではないのだが、間が悪いというか人を苛《いら》つかせる発言が多いのが玉に瑕《きず》だ。

「頼《たよ》りにしてるよ、我が課の……いや、我が社のエース！」

今は、そのお世辞も苛立つだけであるが……いずれにせよ、この時点で。

「はい……頑張《がんば》ります……」

トークライブへの参加が絶望的なものになったことを確信する春輝であった。

◆　◆　◆

それからヤケ酒に走った結果、三姉妹《しまい》を泊《と》めることになり。

「おー、凄《すご》い！　一軒家《いっけんや》じゃーん！」

春輝の住む家にまで連れて行ったところで、次女……露華《ろか》がそんな声を上げた。

「でも、家の人とか大丈夫《だいじょうぶ》なの？　未成年三人も連れ込んだら、通報されんじゃない？

あっ、それともぉ？　しょっちゅう女の子連れ込むから慣れちゃってるとかですかぁ？」

「こ、こら露華、失礼でしょ！」

長女である伊織が、ニンマリ笑う露華を窘《たしな》める。

「いや、むしろ今のはウチの気遣《きづか》いでもあったんだけど？」

「……未成年者略取誘拐《ゆうかい》罪？」

「どこでそんな言葉覚えてきたの白亜《はくあ》!?」

ポツリと呟く三女・白亜に、伊織は驚愕《きょうがく》に目を見開いていた。

ちなみに、ここまでにそれぞれ自己紹介《しょうかい》済み。この春から露華が高校一年生、白亜は中学三年生になると聞いている。伊織が高校二年生になることは、既知《きち》の情報だ。

「あんま騒《さわ》がないでくれる……？　マジでご近所に通報されかねないから……」

「あ、す、すみません……！」

頬《ほお》をヒクつかせながら言うと、伊織が深々と頭を下げてきた。

「あと、この家には元々両親と住んでたんだけど……俺が社会人になった年に親父《おやじ》が転勤になってな。お袋《ふくろ》もそれについてったんで、今はこの家に一人暮らしなんだ」

「……ふーん？　そなんだ？」

露華が、どこか含《ふく》みのある調子で言いながら春輝を横目で見てくる。

「……？　だから空き部屋も多いんで、一人一部屋使ってくれていいよ」

その反応に若干疑問を覚えながらも、春輝はそう説明した。

「わぉ、太っ腹じゃん春輝クン。お腹《なか》はそんなに出てないのにね？」

さわさわっとお腹に触《ふ》れられ、ちょっとビクッとなる春輝。

「ちょ、露華、だから失礼だって！　それに、ちゃんと人見さんって言いなさい！」

「ははっ、いいよ別に呼び方なんて何でも」

その猛烈《もうれつ》な距離《きょり》の詰《つ》め方に「お、おう……流石《さすが》はギャルだな……」と謎《なぞ》の感銘《かんめい》を受けたものの、言葉通り春輝は別段何と呼ばれようが構わないと思っていた。

「なんだったら小桜さんも、もっとラフに呼んでくれてもいいぜ？」

「えと、じゃ、じゃあ…………春輝さん、とか……」

冗談めかして肩《かた》をすくめてみせると、伊織が消え入るような小声でそう口にして。

「……えっ？」

「えっ？」

まさか本当に呼び方を変えてくるとは思っていなかった春輝が呆《ほう》けた声を上げると、伊織も似たような調子の声を返してきた。

「あっあっ……」

街灯に照らされる伊織の顔が、たちまち真っ赤に染まっていく。

「す、すみません、なんでもないです人見さん！」

「あ、いや、ちょっと驚いただけだから。呼びたいように呼んでくれていいよ、マジで。ただ、会社ではこれまで通り『人見さん』で頼《たの》むな？」

「は、はいっ！　ひと、いえ、は、春輝さんっ！」

「ははっ……」

やけに力強く名前を呼ばれて、春輝はなんだか少し照れくさくなって頬を掻《か》いた。

「……はいはーい、二人でラブい空気出してないで早く家ん中入っちゃおうよ」

と、二人の間にズイッと露華が割り込んでくる。

「そんな、ラブい空気だなんて……私と春輝さんは、そんなんじゃ……！」

「お姉、今そこ掘《ほ》り下げなくていいから」

引き続き赤い顔でパタパタと手を振《ふ》る伊織に、露華がジト目を向けた。

「ま、まぁ、とりあえず上がってくれ」

未《いま》だちょっとドギマギしながらも、春輝は鍵《かぎ》を差し込んで玄関《げんかん》の扉《とびら》を開ける。

「そんじゃお言葉に甘えてー」

「すみません、お邪魔《じゃま》します……」

「……お邪魔します」

堂々とした足取りの露華、恐縮《きょうしゅく》しきりの伊織、警戒《けいかい》するように中を見回す白亜、という順番でそれぞれ家の中へと上がっていく。

「二階の部屋が空いてるんで、好きなとこを使ってくれていいよ。布団《ふとん》は押し入れの中に入ってる。長らく使ってないからちょっと埃《ほこり》っぽいかもしれないけど、そこは勘弁《かんべん》な」

「何から何まですみません……」

階段の方を指さしながら言うと、伊織がまた深々と頭を下げてきた。

「それじゃ二人共、行くよ」

「うん」

伊織が先頭となって階段を上がっていき、白亜がそれに続く。

「……りょーかい」

更《さら》に、露華も階段の方に足を向け。

「ところで、春輝クンの部屋はどこなの？」

けれどそれ以上進むことはなく、振り返って尋《たず》ねてきた。

「ん？　そこの、一番近いとこだけど？」

なぜそんなことを聞くのだろうと首を傾《かし》げながらも、自室を親指で指しながら答える。

「シャワーは？　浴びる？」

質問を重ねる露華。

「いや、今日はもうそのまま寝《ね》るつもりだけど……」

「……そっか」

何やら、その表情はやけに硬《かた》いように思えた。

「シャワー浴びたいなら、好きに使ってくれていいよ。そこの突《つ》き当たりだから。バスタオルは脱衣《だつい》所の引き出しに入ってるし」

「ん……」

自分が浴びたいから話を振ってきたのかとそう言ってみるも、露華の反応は鈍《にぶ》い。

「くぁ……」

気にはなったが、ここに来て春輝も眠気《ねむけ》に襲《おそ》われた。小桜姉妹との出会いの衝撃《しょうげき》で一時的に吹き飛んではいたが、元々今日は結構な泥酔《でいすい》状態だったのだ。

「まぁ、基本的には好きに使ってくれ。そんじゃ、俺はこれで……」

と、自室に入る春輝だったが。

「ん……」

なぜか、露華が春輝に続いて部屋に入ってきた。

「……？　まだ、何か聞いときたいことでもあったかな？　悪いけど、出来れば早めに済ませてくれるとありがたいんだけど……」

ちょっと面倒《めんどう》に思いながら、ベッドの前で振り返る。

「……わかった」

俯《うつむ》き気味だった露華の顔が上がり、春輝と視線が交差した。

その目には、決意の光のようなものが宿っているように見えて。

「えいっ」

「おわっ……!?」

肩を押してくるという露華の思わぬ行動に、春輝はあっさりとベッドへと倒《たお》れ込む。

「いきなり何を……」

ベッドに手を突き、半身を起こす春輝。

その視界に、飛び込んできたものは。

「ていやっ！」

そんな声と共に、制服を脱《ぬ》ぎ捨てる露華の姿であった。

下着のみを纏《まと》った身体《からだ》が顕《あら》わになる。スラリとした四肢《しし》に、くびれた腰回《こしまわ》り。スレンダーなのは制服姿の時からの印象通りだが、こうして見ると胸の膨《ふく》らみも結構あるようだ。

なんて、どこか冷静に観察してから。

「ちょ、いや、は⁉　急に何やってんの⁉」

我に返った春輝はそう叫《さけ》んで、今更ながらに顔ごと目を逸《そ》らした。

「ね？　ウチ、結構いい身体してるっしょ？」

そんな春輝の膝《ひざ》の上に、露華が座ってくる。

「お子ちゃまな白亜は論外として、お姉もオトコ慣れしてないからさ。ウチがいっちばん、春輝クンのことを気持ちよくしてあげられるよ？」

視界の端《はし》で、露華が妖艶《ようえん》に微笑《ほほえ》むのが見えた。

「だから、シよ？」

春輝の胸に手を当て、耳元で囁《ささや》く。

（いやいやいや、何これ何この展開⁉　まさか夢か⁉　俺いつの間にか寝てた⁉　にしてもエロゲのやりすぎだろこんな夢なんて！）

予想もしていなかった流れに、内心でテンパる中……春輝は、ふと気付いた。

（って、この子……）

露華の手が小さく震《ふる》えているのが、シャツ越《ご》しに伝わってくることに。

「……あのなぁ」

何と言っていいものやら迷い、春輝はガリガリと頭を掻く。

「露華ー？　どこ行っちゃったのー？」

とそこで、部屋の外から伊織の声が聞こえてきた。

「あれ……？　この部屋、さっきは閉まってたような……」

次いで、部屋の中へと伊織が顔を覗《のぞ》かせる。

「あっ……」

その瞬間《しゅんかん》から一秒ほどの間で、彼女の表情は目まぐるしく変化した。

まず、驚《おどろ》き。次いで酷《ひど》く傷ついたような顔。最後にそれが覚悟《かくご》を秘《ひ》めたものになる。

「……そう」

一度目を閉じて、一瞬の後に再び開く伊織。

それから、彼女もバッと制服を脱ぎ捨てた。露華に比べて、全体的にふくよかなシルエット。けれど決して太っているわけではなく、健康的な魅力《みりょく》が感じられる。そして何より目を引くのは、その驚異《きょうい》の胸囲と言えよう。普段控《ふだんひか》えめな彼女の代わりに自己主張しているかのように、ブラ越しでも張りの感じられるそれがデンと高くそびえ立っていた。

「って、だからなんで脱ぐんだよ⁉」

ついつい本能的に眺《なが》めてしまった後で、今度も慌《あわ》てて視線を逸らす春輝。

「春輝さん！」

「うおっ⁉」

その顔に、巨大《きょだい》な柔《やわ》らかい『何か』が押し付けられる。

「お願いします！　私のことは好きにしていただいて構いませんので、妹たちには手を出さないでください！　どうかどうか！」

「いや、ちょ……」

「っ……春輝クン、ここはウチにしときなって！　お姉より絶対いいよ！」

「二人共、待……」

両側から、グイグイと二人の色んなところが春輝の身体に当たってきた。

「おっぱいは、私の方が大きいので！」

「ウチの引き締《し》まった身体を味わいたいっしょ!?」

「だから、俺の話を聞いて……」

二人とも必死な様子で、春輝の声は届いていないようだ。

「あれ、露華……？　もしかして今、私のことデブって言った……？」

「は？　お姉こそ、ウチのこと貧乳《ひんにゅう》って言ったっしょ？」

「別に私、そんなこと言ってないし……」

「ウチだって言ってないし……」

「いい加減に、しろ！」

なぜか春輝越しにちょっと険悪な雰囲気《ふんいき》になり始めたところで両手を広げ、二人を引き離《はな》す。春輝としては狙《ねら》いなど定められる状況《じょうきょう》ではなく、適当に押した形である。

が、しかし。

『あっ……』

二人の、呆けた調子の声が重なった。その段に至りようやく、春輝は手に返ってくる感《かん》触《しょく》がやけに柔らかいことに気付く。だいぶ嫌《いや》な予感がして、左右に目を向けると。

「あの……やっぱり、大きい方がいいですよね……？」

「いやいや、ウチだって結構あるよね……？」

自分の手が、二人の胸にガッツリ当たっていることが確認《かくにん》出来た。

「だ、だから私を……！」

「や、ウチを……！」

二人は顔を赤くしながらも、それぞれまた春輝へと迫《せま》ろうとしてくる。

「だから、一旦《いったん》落ち着け！　俺に、そういう意図はない！」

しかし春輝がそう叫ぶと、二人揃《そろ》って「へ……？」と目を瞬《またた》かせた。

「でも春輝クン、一人暮らしの家に女連れ込むって完全にそういうことじゃん……」

どうやら、露華は先《さき》の春輝の発言をそう捉《とら》えていたらしい。

「違《ちが》うっての！　普通に宿泊《しゅくはく》場所を提供しただけだ！」

「そ、そうなの……？」

大声で続ける春輝に、強張《こわば》っていた露華の身体からようやく力が抜《ぬ》けてきた。

「あの、でも、さっき、その……露華に襲いかかってたんじゃ……？」

「むしろ俺が襲われた側だわ！　さっきの体勢見りゃわかっただろ！」

「そ、そういえば確かに……？」

伊織も、同じく。

「わかってくれたなら、まず服を着ようか……？」

『っ⁉』

春輝が言うとカッと顔を赤くし、二人共慌てた様子で春輝から離れて服を手にする。

春輝が背を向けてからは、しばし部屋の中に衣擦《きぬず》れの音だけが響《ひび》いた。

そして、数秒の後。

「すみませんでしたぁ！　恩人を疑うような真似《まね》を……！」

伊織が、土下座せんばかりの勢いで頭を下げる。

「いやぁ、はっはー。ウチとお姉のアピールに耐《た》えきるとは、春輝クンの自制心は鋼鉄並みだねー。それか、もしかして女の子に興味がない系だったりする？」

一方の露華は、ケラケラと笑っていた。

「こら露華、ちゃんと謝りなさい！」

「むぎゅ……」

しかし伊織に頭を押さえつけられ、無理矢理に頭を下げる形となる。

（あー……こういう時、なんて言えばいいんだろうな……そうだな、歳《とし》の離れたヒロインを諭《さと》すイケメン主人公的なものを意識して……）

なんて、考えながら。

「まぁ、あれだ。俺も、子供に手を出すほど女に不自由してるわけじゃないからな」

そう言いはしたものの、半分は嘘《うそ》である。不自由していないのは、二次元限定の話だ。

あくまで春輝視点では、であるが。

「そ、そうなんですね……」

「もう、子供って歳じゃないんだけどぉ……？」

伊織がちょっと暗い声で、露華が抗議《こうぎ》を滲《にじ》ませた調子でそれぞれ呟《つぶや》く。

「子供だよ、俺からすればな」

これも、半分嘘であった。ぶっちゃけ、先程《さきほど》の二人に対して『反応』してしまっていたのは事実だから。ただし、手を出す気がないというのは誓《ちか》って本当である。

「つーか俺、明日も仕事なんだよ……早く寝《ね》かせてくれ……」

なお、これだけは一〇〇％本心からの言葉だった。

「あ、はい。本当に、すみませんでした……」

今日何度目になるかわからない、伊織の謝罪。

「…………ごめんね？」

小さな小さな声ながら、露華の言葉も確かに春輝の耳に届く。

「はいよ。君らも、いいからもう寝な」

春輝がひらひらと手を振《ふ》ると、二人はもう一度頭を下げた後に部屋を出ていった。

「…………………はぁ」

扉《とびら》が閉められたのを確認した後に、春輝は重い重い溜《た》め息《いき》を吐《つ》く。今日は色んなことが起こりすぎて、何に対する溜め息なのかは自分でもよくわからなかった。

今日の障害の後始末やら、小枝ちゃんの次のトークライブの予定やら……何より、小桜姉妹《しまい》のことやら。考えなければいけないことは、沢山《たくさん》ある気がしたが。

「……寝よ」

とりあえずは、全《すべ》て放り投《す》て夢の世界に旅立つことにした春輝であった。

◆　◆　◆

「？　春輝さん？　どうかされましたか？」

「……寝ぼけてる？」

伊織と白亜の声に、春輝の意識は現実に戻《もど》ってきた。

「あ、あぁ、そうなんだよ……昨日寝たのも遅《おそ》かったしさ」

軽く笑って返事しながら、考える。

（マジ、酔《よ》った勢いで手を出したりしないで良かった……）

そうなっていれば、今朝の彼女たちの表情はもっと違ったものとなっていただろう。

（この子たちの笑顔《えがお》を守れた……なんて言うと、流石《さすが》に大げさか）

そう考える春輝だが……昨晩の記憶《きおく》は、ハッキリ脳裏《のうり》に残っており。目の前の彼女たちとその下着姿が重なって見えて、密《ひそ》かにちょっとドギマギしているのも事実であった。

「あ～？　さては、ウチのセクシーボディを思い出してコーフンしちゃってるぅ？」

そこに露華のニンマリとした笑みを向けられ、ギクリと春輝の顔が強張る。

「……はは っ、子供が何を言っているんだか」

笑い飛ばして見せるも、表情を取り繕《つくろ》えたかちょっと自信はなかった。今の露華はノーメイクのようで昨晩よりスッキリとした印象となっているが、それでも十二分に美人と評せる顔立ちである。正直なところ、春輝も本心では彼女を『子供』と断じきれずにいた。

「またまた、強がっちゃってぇ。やらしい視線を感じるんですけどぉ？」

「ふっ、自意識過剰《かじょう》なんじゃないか……？」

鼻で笑って見せながらも、自身の胸元《むなもと》を掻《か》き抱《いだ》く露華からそっと視線を外す。

「はい、目ぇ逸《そ》らしたから春輝クンの負けー！」

「何の勝負なんだ……つーか、朝からテンション高ぇな……」

嬉々《きき》として指差してくる露華に、乾《かわ》いた笑みが浮《う》かんだ。

（でも、昨日より気安くなった感じがするな。ちょっとは信用してくれたってことか？）

伊織に「こら、指差さないの！」と窘《たしな》められる露華を眺めながら、そんなことを思う。

と、そこで横合いから視線を感じてそちらに目を向けた。

すると、探《さぐ》るような目つきの白亜と視線が交錯《こうさく》する。

「……お兄さん。ロカ姉と、何かあったの？」

「い、いや、別に……？」

実際『無かった』とは断定しづらく、返答は若干《じゃっかん》しどろもどろなものに。

「そ、そんなことより！　朝飯、ありがとうな！」

無理矢理に話を打ち切り、食卓《しょくたく》につく。

「……おぉ」

そこでようやくテーブルの上に目を向けて、感嘆《かんたん》の声を上げた。

「凄《すご》いな、本格的だ」

「そんな、おおげさですよ」

はにかんで手をパタパタと横に振る伊織だが、春輝としては本心からの言葉であった。

卵焼きにほうれん草のおひたし、焼いた魚の干物。ご飯は炊《た》きたてらしく温かい湯気が立ち上っており、それは味噌汁《みそしる》も同様であった。味噌汁の具は、豆腐《とうふ》と油揚《あぶらあ》げのようだ。

「あっ、それと、すみません。冷蔵庫の中身、勝手に使っちゃいました」

「いや、それは全然いいんだけど……ウチの冷蔵庫に、こんなもんあったっけ……？」

時折酔った勢いでつまみを作ろうと適当に食材を買い込んで帰ることがあるのだが、実際に作ったことは数えるほど。結局食材のほとんどは冷蔵庫に置きっぱなしなので何が存在していてもおかしくはないが、何が入っているのかは春輝自身も把握《はあく》していなかった。

「ええ、まぁ、ギリギリ使えるのがいくつか……」

伊織の苦笑《くしょう》から察するに、どうやら大半は危険物と化していたらしい。

「にしても、残り物で作れちゃうところが本当に料理出来るって感じがするな」

「イオ姉は、我が家の料理担当だったから」

春輝が感心の声を上げると、白亜が自慢《じまん》げにその小さな胸を張った。「だった」という過去形の意味や、彼女たちの家庭環境《かんきょう》について、興味を抱かなかったと言えば嘘になるが
……それは、努めて頭の中から追いやった。

「それよりほら、冷めないうちに食べちゃいましょう」

照れているのか、伊織が少し早口気味に言いながら椅子《いす》に座る。

「あぁ、そうだな」

春輝が頷《うなず》いている間に、露華と白亜もそれぞれ空いていた席に着いた。

「それでは……いただきます」

『いただきます』

最初に伊織が手を合わせて、露華と白亜もそれに続く。

「……いただきます」

長らくそんな習慣がなかった春輝が、一拍遅《いっぱくおく》れた。

（……味噌汁なんて、久しぶりだな）

そんなことを考えながら、ズズッと味噌汁を啜《すす》る。

なんだか、とても懐《なつ》かしい味が口の中に広がった気がした。

「うん、美味《うま》いよ」

「お、お粗末様《そまつさま》です……」

本心からの言葉を向けると、伊織は顔を赤くしながらも嬉《うれ》しそうな笑みを浮かべる。

「……ふぅん？」

そんな姉の姿を見て、露華がニンマリと笑った。

「春輝クン、卵焼きも美味《おい》しいよ？」

と、箸《はし》で卵焼きを摘《つま》み。

「ほら、あーん」

それを、春輝の方に差し出してくる。

「こ、こら露華！　お行儀《ぎょうぎ》が悪いよ！」

露華を叱《しか》りながらも、伊織はチラチラと春輝の方を窺《うかが》っていた。

それを見て、露華がますますイタズラっぽい笑みを深める。

（くっ……露華ちゃんめ、さてはどうせこっちがヘタレるだろうと踏《ふ》んでるな……？）

実際、普段《ふだん》の春輝であればここで乗ったりはしない。

（ならここは、あえて鈍感《どんかん》系主人公のように……）

しかしそんな風に考えたのは、前日から続く非日常感ゆえ判断能力が鈍《にぶ》っていたのか。

「それじゃ、いただこうかな」

『あっ……』

パクリと露華の差し出す卵焼きを口に入れた春輝に、伊織と露華が小さく声を上げる。

「うん、確かに美味い」

「ふ、ふっふーん？　そうでしょ？」

露華のニンマリ顔が若干硬《かた》く見えるのは、恐《おそ》らく気のせいではあるまい。

「それじゃ、ウチも食べよっと」

けれどそれも一瞬《いっしゅん》のことで、彼女の表情は徐々《じょじょ》に平常運転な感じへと戻っていく。

「ウチも好きなんだよねぇ、お姉の卵焼き」

イタズラっぽい雰囲気《ふんいき》を増しながら、露華は卵焼きへと箸を向けた。

「おやおやぁ？　春輝クン、ウチのお箸が気になっちゃってるぅ？　なんでかなぁ？」

「い、いや別に？　たまたま見てただけだよ」

思わずそこを見てしまっていたことを指摘《してき》され、今度は春輝に動揺《どうよう》が生まれる。

「さぁて、それじゃ食べまーす。このお箸で、食べちゃいまーす」

ニマニマ笑いながら、露華が卵焼きを箸で摘……もうと、したところで。

「露華？」

静かに、しかし妙《みょう》に力強く伊織の声が響いた。

「お行儀が悪いって言ってるでしょ？　はい、新しいお箸」

ニコニコと微笑《ほほえ》みながら、伊織は露華へと箸を差し出す。

「いやお姉、それじゃなんかウチが負けた感じになっちゃうし……」

「露華？」

「だからね、お姉……」

「露華？」

「いやなんか、目が怖《こわ》……」

「露華？」

「あ、はい……」

微塵《みじん》も揺《ゆ》るがぬ笑顔でひたすら繰《く》り返す伊織に、露華が根負けしたように頷いて箸を受け取った。なんとなく姉妹間の力関係を垣間見《かいまみ》た気がする春輝である。

「…………」

なんて思っていると、伊織が視線を向けてきた。

無言ではあるが、何やら抗議するような雰囲気が感じられる気がする。

「…………」

「…………」

「…………」

その後は、少し不貞腐《ふてくさ》れたような表情で食事を続ける露華、チラチラと春輝に目を向けてくる伊織、その視線に若干の居心地の悪さを感じる春輝……といった感じで、微妙《びみょう》に気まずい雰囲気が流れる中で食器を動かす音だけが響《ひび》き。

「……何、この空気」

白亜の呟《つぶや》きが、虚《むな》しく沈黙《ちんもく》の中へと溶《と》けていった。

◆　◆　◆

数年ぶりの「いただきます」を口にした、約一時間後。

「ぜぇ……はぁ……あっぶねぇ、ギリセーフ……」

「ひぃ、ふぅ……ま、間に合って良かったです……」

春輝と伊織は、発車間際《まぎわ》に滑《すべ》り込んだ電車の中で乱れた息を整えていた。

久方ぶりに家で朝食を食べていたら時間の感覚が狂《くる》い、遅刻《ちこく》ギリギリの時間に家を出ることになって駅までダッシュした結果であった。

とそこで、春輝はふと隣《となり》に立つ制服姿の伊織に疑問を抱く。

「ん……？　ていうか、なんで君も一緒《いっしょ》に電車に乗ってるんだ……？　学校は……？」

「あはは、昨日も朝から出社してましたよ……もう春休みに入ってるんです」

「あぁ、なるほど」

長期休みという概念《がいねん》から離《はな》れて久しく、その発想がなかった春輝であった。

「…………」

「…………」

その後、少しの沈黙が挟《はさ》まって。

「……あの、春輝さん」

伊織が、表情を改めた。

「昨日は泊《と》めていただき、本当にありがとうございました」

「いいって、俺から言い出したことだし」

何度目になるかわからないお礼に、春輝は軽く苦笑する。

「私たち、今日中には出ていきますから……これ以上、ご迷惑《めいわく》はおかけしませんので」

だが、続いた言葉に小さく眉根《まゆね》を寄せた。

「……行く当てはあるのか？」

尋《たず》ねはしたが、答えは予想出来る。

行く当てがあるなら、端《はな》から『神』になど頼《たよ》るまい。

「それは、その……えっと……」

果たして、伊織はしどろもどろになって答えに窮《きゅう》した様子だ。

「今日から暖かくなるらしいので、外でもたぶん寝《ね》られますし大丈夫《だいじょうぶ》です！」

そんなことを言い出す伊織に、春輝は内心で悩《なや》む。

（うーん……流石《さすが》に、これを聞いた上で放り出すっていうのはなぁ……まぁぶっちゃけもう何泊《ぱく》かするくらい構わないんだけど、それ言って大丈夫か……？　なんかこう、下心があるように思われない……？　初日は油断させといて、みたいな……いやいや、昨日あんだけハッキリ意思表示したんだし大丈夫だろ……大丈夫だよな……？）

そんな迷いが、胸に渦巻《うずま》いていた。

「それに、いざとなれば私が……」

けれど、伊織の表情にまた少し変化が生じて。

「そんじゃ、とりあえず行く当てが出来るまではウチにいれば？」

それを感じ取った瞬間、気が付けば春輝はそう口にしていた。

アニメの主人公みたいに、なんて考えることすらなかった。

「で、でも、私たち、何も返せるものもありませんし……」

「そこは、ほら、あれだ。代わりに、家事はやってもらうから」

言い訳がましく、条件を付け加える。

「大体、一人であの家をキープするのも結構大変なんだ。家って、人が住んでないと老朽《ろうきゅう》化《か》が早いって言うだろ？　使ってない部屋でも、時々空気を入れ替《か》えてやらないとカビ生えちゃうしさ。だから、住んでくれる人がいる方がありがたいんだよぶっちゃけ」

早口気味で捲《まく》し立てた言葉も、必ずしも嘘《うそ》ではないけれど。

「……だからな」

言おうかどうか迷った末、少し間を置いて春輝は再び口を開いた。

「もうするなよ、昨日みたいなこと」

自分で思ったよりも、その言葉は厳しい口調となって口から出た。

脳裏《のうり》に蘇《よみがえ》るのは、昨晩の伊織の姿だ。彼女は、もし春輝にその気があれば本当に身体《からだ》を差し出したことだろう。先程《さきほど》の伊織の表情は、あの時の決意に満ちたものと同じに見えた。恐らく再び住む場所を探すことになれば、彼女は同じことをするつもりなのだと思う。それを想像すると胸が妙にざわついて、半ば無意識に先程の言葉が口をついて出たのだ。

（……とんだ偽善《ぎぜん》だな）

自身に、苦笑《くしょう》する。

（俺にこんなこと言う権利なんてないし、責任を持てるわけでもない。なのに、ただ俺がなんとなく嫌《いや》だから『するな』ときた。せいぜい数日宿泊《しゅくはく》場所を提供することくらいしか出来ないのに……それ以上何かするつもりはないってのに、さ）

口に出したことを、春輝は今更《いまさら》ながらに後悔《こうかい》し始めていた。

「は……」

そんな春輝の傍《かたわ》らで、伊織は先程から口をパクパクとさせており。

「はいっ！」

かと思えば、やけに大きく頷《うなず》いた。その頬《ほお》は紅潮しており、なぜか嬉しげに見える。

「春輝さんに誓《ちか》ってもらう必要はないけど……」

「いや、俺に誓ってもらうもうしませんっ！」

なんとなく照れくさくなって、春輝は目を逸《そ》らして自身の頬を掻《か》いた。

「それじゃ、今日以降もウチに泊まってくことでいいかな……？」

目を逸らしたまま、確認《かくにん》する。

「……はい。それじゃすみませんが、もうしばらくの間お世話になりますっ！」

再び大きく頭を上下させた後、伊織は満面の笑みを咲《さ》かせた。

(この笑顔が、一番のお返し……ってか？)

心中で、そんなことを考え……しかし、一瞬の後に。

(うわっ、我ながら似合わねぇ台詞《せりふ》……やっぱ俺は主人公にはなれねぇわ……)

猛烈《もうれつ》に恥《は》ずかしくなってきて、今度こそ口に出さなくて良かったと心から安堵《あんど》した。

◆　◆　◆

その後は特に何事もなく、会社に到着《とうちゃく》し。

「おはようございまーす」

「おはようございますっ！」

それぞれ挨拶《あいさつ》の言葉と共に、オフィスに入った春輝と伊織。

「おはようございます、先輩《せんぱい》、小桜さん」

たまたま入り口の近くにいた貫奈が、挨拶を返してくる。

「……お二人、揃《そろ》って出社ですか？」

その眼鏡が、キランと光った……ような、気がした。

「あぁ、たまたまそこで会ってな」

何気ない調子で、春輝が返す。

「……気のせいでしょうか？　幾分《いくぶん》、お二人の距離感《きょりかん》というか空気感が昨日までと異なるというか……どこか、気安くなったような……？」

貫奈の鋭《するど》い指摘《してき》。流石に昨日からの件を経て、『社員とバイト』というだけの関係よりは距離感が縮まっていることを、春輝自身も自覚していた。

「ははっ、何を言い出すやら。別に、昨日までと同じだろ」

それでも、ここは惚《とぼ》けるしかない。

「そ、そうです！　全然気安くないです！　むしろ、高いです！　気高いです！」

伊織も、彼女なりに懸命《けんめい》に誤魔化《ごまか》そうとしてくれているらしい。

「気高いというと、別の意味になってくる気がするけれど……」

「あっ！　そ、そうですよね！　間違《まちが》えました！　つまり、アレです！　えっと、その、私、人見さんに対して滅茶苦茶《めちゃくちゃ》高い壁《かべ》を感じてますので！」

「それはそれで、先輩が不憫《ふびん》なような……」

「す、すみません！　良い意味で、です！」

恐《おそ》らく狙《ねら》っているわけではないのだろうが、徐々《じょじょ》に話がグダグダになってきているので結果的に誤魔化すことには成功していた。その流れに、密《ひそ》かにホッとする春輝だったが。

「と、とにかく、一夜を共にしたからといって何も変わっていませんので！」

突然《とつぜん》の爆弾《ばくだん》投下に、思わず噴《ふ》き出しそうになった。

「い、一夜を共に……!?」

ピシリと貫奈が固まる。

「今なんか、一夜を共にとか聞こえたけど……」

「伊織ちゃんの声だよね……？」

「誰《だれ》とだ……？　やっぱ、人見さん……？」

「意外と言うべきか、ついにと言うべきか……」

しかもかなりの大声だったため、オフィス全体がザワッとし始めた。

「ちょ、いや、今のは比喩《ひゆ》だよな!? たとえそうなっても、って意味で！」

慌《あわ》てて春輝が火消しにかかる。

「へ……？」

自分の発言の意味がわかっていなかったのか、伊織はパチクリと目を瞬《またた》かせた。

けれど一瞬《いっしゅん》の後、ハッとした表情となって顔を赤くする。

「そ、そうです！　あくまで喩《たと》えで！　未遂《みすい》でしたし！」

「みす、み、みすぇ、未成年だもんな！　ははっ、未成年に手を出すわけないじゃないですかぁ……！　いや、マジで……！」

「そ、そうです！　出されませんでしたので！」

「仮にそうなっても、っていうシミュレーション的にね！」

「その、春輝さんは……！」

「は、春来た！　確かに春はもう来てるよな！」

春輝は入社以来、数々の炎上《えんじょう》案件の火消しを請《う》け負ってきた。

が、しかし。

（これなら、重障害の対応の方がまだナンボかマシだな……）

朝から、終電間際のような疲《つか》れを感じる春輝であった。

第2章　膝枕《ひざまくら》とヲタバレと買い物と酔《よ》っぱらいと

小桜《こざくら》姉妹《しまい》との同居を始めて、数日。

相変わらず春輝《はるき》は残業まみれで、終電で帰ることも少なくない日々だ。

その点には、一ミリも変化はない。

ただ、帰ってからの生活は一変したと言っても過言ではなかった。

「ただいまー」

長らく口にすることがなくなっていた帰宅の挨拶と共に、自宅の玄関《げんかん》をくぐる。

「おかえりなさいっ」

「おかー」

「……おかえり」

すると、すぐに三人が迎《むか》えに出てきてくれた。

伊織《いおり》が満面の笑《え》みで、露華《ろか》がヒラヒラと適当に手を振って、白亜《はくあ》はそんな露華に隠《かく》れるように……と、この場面だけでも三人それぞれの個性が見て取れる。

(……やっぱ、慣れないなぁこの光景。なんか、画面越《ご》しに見てるみたいだ)

長らく一人で暮らしていた家に、制服姿の少女が三人。

未《いま》だに、どこか現実感が欠如《けつじょ》しているように感じられた。

「春輝クン、何ボーッとして……あっ？　もしかして、ウチらの可憐《かれん》さに見とれちゃってたかにゃあ？　お客さん、ウチはお触《さわ》りオーケーですよぉ？」

と、ニンマリ笑った露華が身体を寄せてきて春輝の手を握《にぎ》る。

（相変わらず、すげぇ気軽にボディタッチしてくるなこの子……）

その柔《やわ》らかさに、密かに心音が高鳴りつつも。

「いや、ちょっと考え事してただけだっつーの」

表面上は、涼《すず》しい顔で返した。

「ふぅん、考え事？　さては……ウチのことを考えてたんでしょっ？」

「なんでだよ。あー……その、仕事のことさ」

「えー、ホントぉ？　なーんか誤魔化してる感じがするなぁ？」

「ははっ、何を誤魔化すってんだ」

そうは言いつつも実際のところは露華たちのことを考えていたのを誤魔化しているわけなので、完全に図星を突《つ》かれている形である。

……と、そこでふと傍らから視線を感じた。

「……何かえっちなことを考えていた気配を感じる」

そちらに顔を向けると、ジト目を向けてくる白亜と目が合う。

「白亜ちゃんまで、何を言い出すんだか」

露華のボディタッチを少なからず意識していたことも確かなので、若干《じゃっかん》声が上擦《うわず》った気がした。気のせいだと思いたい。

「……怪《あや》しい」

そんな春輝の内心を知ってか知らずか、白亜は引き続きジト目のままであった。

(どうにも、白亜ちゃんには未だに警戒《けいかい》されてんだよな……いやまぁ出会って数日の男相手なんだし、普通《ふつう》に考えたらその方がまともな反応なんだろうけど)

白亜が毛を逆立てて警戒している姿を幻視《げんし》し、軽く苦笑する。

「……？」

春輝の視線が気になったのか、白亜が小さく首を傾《かし》げた。

「……春輝クンってさ」

そんな中、今度は露華が春輝にジト目を向けてくる。

「もしかして、白亜くらいの子が好みなの？」

「何を急に言い出すんだ」

突然の風評被害《ひがい》に、春輝は抗議《こうぎ》の視線を返した。

「や、なんか二人で見つめ合ってたからさぁ」

「ロカ姉、それは誤解。訂正《ていせい》を要求する。わたしは、お兄さんにガンつけてただけ」

「俺、ガンつけられてたのか……」

心外そうに言う白亜に、春輝は再び苦笑《くしょう》する。

「ま、誤解って点では俺の主張も同じだけど」

「そっかなぁ？　ウチやお姉に向ける目と、なーんか違う気がするけどぉ？」

クスクスと笑いながらの追及《ついきゅう》は、恐らく答えがわかった上でのものなのだろう。

「そう考えると、ウチとお姉に手を出さなかったのも理屈《りくつ》は合うしぃ？」

「ちょ、露華、その時のことはもう言わないって約束したでしょ……⁉」

「そだっけ？」

赤くなって手をわたわたと動かす伊織に、素知らぬ顔で首を傾げる露華。

「まぁ確かに、白亜ちゃんを見る時は父親的な目線になってるかもな」

あるいは、家に迎えたばかりでこちらを警戒してくるペットに対して向けるもの、という方が近いかもしれない。そうも思ったが、流石《さすが》にそちらは口には出さなかった。

「……訂正を要求する。わたしは、お兄さんの娘《むすめ》っていうほど小さくない。むしろイオ姉やロカ姉と同じ、大人の女性」

白亜は抗議してくるが、頰《ほお》を膨《ふく》らませる様はますます彼女の印象を幼くしている。

「ははっ、そうだな。ごめんごめん」

「……謝罪に誠意を感じない」

笑いながら謝ると、白亜はプイッとそっぽを向いてしまった。

「……春輝クン的には、白亜くらいの方が接しやすい感じ？」

「ん？　まぁ、そうかな……」

実際、伊織や露華と接する際には未だにちょっとした緊張感《きんちょうかん》を伴《ともな》うのは事実である。

「ふぅん？　そなんだ？」

ニヤリと笑う露華に、ここ数日の経験から春輝は既《すで》に嫌《いや》な予感を覚えていた。

「じゃあ、ウチも居候《いそうろう》として家主が接しやすいようにしないとだねー」

と、露華が春輝の腕《うで》を取って自らの胸元《むなもと》に搔《か》き抱《いだ》く。

「ね？　パぁパ？」

「ちょ……!?」

上目遣《うわめづか》いで見つめられ、大いに春輝の鼓動《こどう》は速まった。

その理由の半分は物理的な接触《せっしょく》によるものであり、もう半分は。

「や、やめろ、露華ちゃんがそういうこと言うとなんか途端《とたん》に犯罪臭《しゅう》がするから……！」

謎《なぞ》の危機感によるものであった。

「え～？　なんでさ？　ウチと白亜なんて一つしか違わないじゃん？　なら、ウチのことだって父親的な目線で見てくれてもいいんじゃない？」

「そういえばそうか……？　いや、君らくらいの歳《とし》の時の一歳差はそこそこ違うだろ」

一瞬納得《なっとく》しかけて、改めてツッコミを入れた。もっともこの場合、実際の年齢《ねんれい》というよりは露華と白亜のキャラの違いという部分が大きいような気がしたが。

「いやいや、誤差レベルだってパパ」

「誤差にしてはデカすぎるわ」

「パパだって、一年じゃそうそう変わらないっしょ？」

「そりゃ俺の歳なら……いやそれより、さりげなくパパ呼びを定着させようとするな」

「ねぇパパぁ、ウチ今月ちょっとピンチなんだけどぉ……お小遣い、いいかなっ？」

「完全にそっち方向に寄せないでもらえる⁉」

場合によっては国家権力が動きかねない絵面《えづら》であった。

「ほ、ほら皆《みんな》！　いつまでもこんなところで喋《しゃべ》ってないで、ご飯にしましょう！」

ここまで三人のやり取りをオロオロと見守っていた伊織が、パンと手を打つ。

「春輝さんも、お腹《なか》すいているでしょう？　もう準備、出来ていますので」

「ん、まぁ……ていうか、今日も三人共まだ食べてないのか？」

これもまた、ここ数日で共通していることであった。春輝が帰ってくるまで、三人は眠《ねむ》るどころかご飯も食べずに待ってくれている。それこそ、帰るのが夜中になっても。

「前にも言ったけど、別に俺のことを待ってくれなくてもいいんだぞ？」

春輝は、それに申し訳なさを覚えていた。

「いえいえ、そんな」

「そーそー、ウチらなりの生活リズムだしぃ？」

「気にしないで」

しかし何度言っても、彼女たちから返ってくるのはそんな言葉ばかりだ。

(うーん、どうやって説得すりゃいいんだろうなぁ……？)

考えてはいるが、今のところ上手《うま》い案は浮《う》かんでいなかった。

「……ふう」

キッチンへと向かう途中《とちゅう》、無意識に溜《た》め息《いき》が漏《も》れる。それは説得方法が浮かばないことへの憂慮《ゆうりょ》……という部分もなくはないが、単純に疲労《ひろう》によるものが大きかった。慣れているとはいえ、一日の三分の二程度に当たる時間を労働に費《つい》やすのは普通にキツい。

「……？」

目頭《めがしら》を揉《も》んでいると、ふと視線を感じてそちらに目を向ける。すると、伊織が春輝の方をジッと窺《うかが》っている様が見て取れた。その目に、心配げな色が宿っているのがわかって。

「いやぁ、にしても良い匂《にお》いだ！　今日のおかずは何かなぁ？」

春輝は、努めて明るい声を上げた。

勿論《もちろん》露骨《こつ》な誤魔化《ごまか》しであり、伊織の目は変わらず春輝を見据《みす》えたままだった。

◆　◆　◆

『ごちそうさまでした』

四人揃《そろ》って手を合わせ、食事を終える。

「今日も美味《うま》かったよ、小桜さん」

「お口に合ったのなら良かったです」

そんなやり取りも、もうお決まりのものとなっていた。

（よし、今回も噛《か》まずに言えたな……サラッと女の子を褒《ほ》めるイケメンキャラのように）

もっとも春輝は、内心ではこの手のことを口にする度《たび》にちょっとドキドキしているのだが。なにしろ、こんな距離感《きょりかん》で女性と接した経験などほとんどないのだ。

「そんじゃウチ、洗い物片付けるわー」

「わたし、お風呂《ふろ》入れてくる」

露華と白亜が、それぞれ流し台と風呂場の方へと向かっていく。いつもなら、伊織も二人を手伝うなり他の家事を行うなりするのだが。

「あの……春輝さん」

今日は、リビングへと向かう春輝の後を追いかけてきた。

「うん？　どうかした？」

「えっと、その……」

なぜだか、歯切れ悪く言い淀《よど》んだ後。

「お疲《つか》れです、よね？」

「ははっ、なんだよ急に」

出てきた言葉に、春輝は軽く笑う。ここでも極力明るく、疲れは見せないように。

「私、朝からバイトに入っている時は定時で帰りますし、夕方からの時も短時間で上がるので……春輝さんが毎日こんな遅《おそ》くまで頑張《がんば》っていらっしゃるなんて知らなくて……それで、何か力になれないかと思いまして……」

「いや、小桜さんは今でも十分に力になってくれてるよ。ていうか、バイトにそこまで色々と任せちゃうわけにもいかないし」

「あ、いえ、お仕事でお役に立ちたいというのも勿論《もちろん》なんですけど……今のこの環境《かんきょう》だからこそ、出来ることをしたいと言いますか……」

「……？」

要領を得ない物言いに、春輝は首を捻《ひね》る。

「ですので……」

迷うように一度ずつ左右に視線を彷徨《さまよ》わせた後、何やら伊織は決意したような表情に。

「どうぞ！」

そして、その場に正座して春輝に向けて両手を広げた。

「……はい？」

意味がわからず、春輝は先程《さきほど》より大きく首を捻る。

「膝枕《ひざまくら》です！」

「…………はい⁇」

なるほど、つまりその体勢は膝枕の準備ということなのだろう。

意味はわかったが意図がわからず、春輝の頭の上に沢山《たくさん》の疑問符《ぎもんふ》が浮かんだ。

「……あれ？」

おかしいな？　とばかりに、今度は伊織の方が首を傾《かし》げる。

「膝枕です！」

そして、先程のリプレイのように同じ言葉とポーズを繰《く》り返した。

「いや、別に聞こえてなかったわけじゃなくて」

春輝の口元が思わず半笑いを形作る。

「なんで、膝枕？」

「私の膝枕は、効果抜群《ばつぐん》ですよ！　露華や白亜にも、疲れが取れると評判です！」

疑問を投げると、伊織はドヤ顔でポンポンと自身の膝を叩《たた》いた。

「あー……気持ちはありがたいけど……」

「……私では、膝枕役も務められませんか？」

やんわり断ろうとすると、とても悲しげな顔をされて。

「………………じゃあ、ちょっとだけお願いしようかな」

結局、春輝の方が折れた。

「はいっ！」

一方の伊織は、パッと満面の笑《え》みを浮かべる。

「……それじゃ、失礼して」

「はい、どうぞっ！」

手早く終わらせようと、仰向《あおむ》けになってそっと伊織の腿《もも》の上に後頭部を乗せる。

（うおっ⁉）

すると、まず訪《おとず》れたのは驚《おどろ》きであった。

（か、顔が見えん……）

高く隆起《りゅうき》した『遮蔽物《しゃへい》』によって、伊織の顔が視界に入ってこなかったためである。

「どうですか？」

「あ、あぁ、凄《すご》いな……」

それが喋りかけてきたように見えて、つい思っていたことがそのまま口をついて出た。

「ふふっ、そうでしょう？」

春輝の言葉を膝枕への感想と受け取ったらしく、伊織の声は嬉《うれ》しげに弾《はず》んでいる。

「よーしよし、いい子ですねぇ」

その回答に気を良くしたのか、次いで伊織は春輝の頭を撫《な》でてきた。

「毎日頑張ってて偉《えら》いですよぉ」

幼児を相手にするかのような扱《あつか》いに、春輝の口元に苦笑《くしょう》が浮かぶ。

「いつも遅くまで、大変ですねぇ」

けれど。

（……あれ？　意外とこれ、馬鹿《ばか》に出来ないのでは……？）

次第《しだい》に、そんな風に思い始めてきた。

「皆《みな》さん、春輝さんのことを頼《たよ》りにしてますよぉ」

後頭部の柔《やわ》らかい感触《かんしょく》に、優《やさ》しい声。頭を撫でてもらうのなど子供以来で……だからこそ、酷《ひど》く懐《なつ》かしく感じられて。身体《からだ》が次第にリラックスしていくのを自覚する。

「いつだって皆の期待に応《こた》えてて、凄いですねぇ」

なんだか、ゆったりと時間が流れていくように感じる中。

「……でも、無理はしないでくださいね？」

その言葉は、やけに切実な響《ひび》きを伴《ともな》って聞こえて。

（心配、かけちゃってるんだなぁ……）

ぼんやりする頭の中に、そんな実感が広がっていった。

「……ありがとう、凄い楽になったよ」

「あっ……」

本心からの言葉と共に身を起こすと、伊織がどこか名残惜《なごりお》しそうな声を出す。

「遠慮《えんりょ》なさらず、もっと続けていただいても大丈夫《だいじょうぶ》ですよ……？」

「いや、十分リラックス出来たから。おかげで、明日はいつも以上に頑張れそうだよ」

実のところ、もう少しあのままでいたかったという気持ちが皆無《かいむ》かといえば嘘《うそ》になる。

しかし、伊織に負担をかけるのは良くないだろうという想《おも》いと……あとぶっちゃけ、あまり続けると戻《もど》ってこれなくなりそうな予感がしたがゆえの固辞であった。

「……そんな心配すんなって」

未《いま》だ気遣《きづか》わしげな伊織に、ニッと笑って見せる。

「残業だって、ある程度は好きでやってるわけだしさ」

「そう……なんですか？」

春輝の言葉に、伊織は小さく首を傾《かたむ》けた。

「あぁ。ウチの会社、残業代がフルに出るって意味ではホワイトだから。業務調整さえすれば別に定時に帰るのだって余裕《よゆう》なところを、あえてやってるわけよ」

この言葉も、必ずしも嘘ではない。ただ、春輝に業務調整を行う気があまり無いだけの話である。とはいえ実際、用事がある日には定時退社することだってあるのだ。トラブルさえ発生しなければ、という条件は付くが。

「俺だって、これで社会人六年目だ。体調管理も仕事のうちだってわかってるよ」

これも、少なくとも言葉の上では本当だ。わかっているからといって実際に実行してい

ると は限らない、というだけで。それに、丈夫に生んでもらったらしく今のところ不調らしい不調を抱《かか》えていないのも事実である。

「なるほど……そうですよね」

ようやく、伊織の表情に納得《なっとく》の色が浮かんだ。

「すみません、差し出がましいことを言いました」

「いやいや、気持ちは嬉しいよ」

ペコリと一礼する伊織の頭が上がってきたところで、そこにポンと手を置く。

「ありがとな」

「い、いえ、そんな！」

お礼を言いながら頭を撫でると、たちまち伊織の顔は真っ赤に染まっていった。

「お姉ー、洗剤《せんざい》の替《か》えってあったっけー？」

とそこで、キッチンの方から露華が顔を出す。

「……っと」

春輝と伊織を認めると、少しだけ意外そうな表情を浮かべて。

「おやおやぁ？　これは、お邪魔《じゃま》してしまいましたかなぁ？」

すぐに、それがニンマリとした笑みに変わった。

「も、もう！　からかわないの！」

赤い顔のまま、伊織が露華へと抗議《こうぎ》を送る。

「えと、洗剤だよね？　それなら……あっ、春輝さん失礼しますね」

それからもう一度頭を下げた後で立ち上がり、キッチンの方に駆《か》けていった。

（……しまった。なんかナチュラルにやっちまったけど、今のは完全にセクハラだったよな……？　主人公気取りとかやめとけよ、俺のキャラじゃないんだからさ……）

伊織の頭に乗せていた自らの手を見つめ、今更《いまさら》ながらに自戒《じかい》の念を抱《いだ》く。

「ねぇねぇ、春輝クン。今さ、膝枕してもらってたんでしょ？」

そんな春輝へと、なぜかリビングに残ったままの露華が身を寄せてきた。

「お姉の具合、どうだった？」

次いで、ニヤニヤと笑いながら問いかけてくる。

「……変な言い方するなよ」

妙《みょう》にいやらしく聞こえる発言に、とりあえず春輝は苦言を呈《てい》した。

「まぁ、その、良かったけど」

そして、視線を逸《そ》らし頬《ほお》を指で掻《か》きながら答える。

「にひひ、そうっしょ？　完全にお金取れるやつだからね、お姉のアレは」

膝枕サービスを提供する商売もあると聞くし間違《まちが》ってはいないのだろうが、いちいちいやらしく聞こえるのはなぜなのか。

「で・も」

春輝の耳元に口を寄せて、露華はどこか妖艶《ようえん》な調子で囁《ささや》く。

「実は、ウチのも結構いい感じなんだよぉ？　春輝クンだったら、タダでしてあげてもいいんだけど……お客さん、今度一発どう？」

「あのなぁ……」

どこからツッコミを入れるべきかと、迷っていたところ。

「……何か、えっちな話をしてる？」

通りがかりでその場面を目撃《もくげき》したらしい白亜が、ジト目を向けてきた。

「ふふーん、実はねぇ……」

「こら露華ちゃん、白亜ちゃんの教育に悪いだろうが！」

「やっぱり、教育に悪いことを話してたんだ……」

「誤解だ!?」

「露華ー？　洗い物の続きちゃんとやりなさーい！」

「はいはーい、今いきまーす！」

なんて。

つい数日前までは考えられなかったドタバタと共に、人見《ひとみ》家の夜は更《ふ》けていく。

◆　◆　◆

といった出来事があった翌日、定時を少しだけ過ぎた頃《ころ》のことである。

「人見くぅん」

のっしのっしと、樅山《もみやま》課長が大きなお腹《なか》を揺《ゆ》らしながら春輝の元を訪れた。

「悪いんだけど、今度のお客さんへのプレゼンで使う用の資料作っといてくれる？　新システムの構成について説明するやつ。ペラ一枚でいいから」

「はい、わかりました」

樅山課長からの依頼《いらい》を、春輝は軽い調子で引き受ける。

頭の中で、手持ちの作業を並べてこの後のスケジュールを試算。

（あと、今日やる予定だった作業は……桃井《ももい》のソースレビューだけか。今から両方片付けても、まぁ終電にはたぶん間に合うだろ）

そう結論づけたところで、ふと前夜のことを思い出した。

——でも、無理はしないでくださいね？

伊織の声が、脳内で再生される。

「……あの。その資料、明日で大丈夫ですよね？　今日はもう上がろうと思うんですが」

「へ？」

尋《たず》ねると、樅山課長の呆《ほう》けた声と顔が返ってきた。

「あぁ、うん。勿論《もちろん》、大丈夫だけど……」

若干戸惑《じゃっかんとまど》い気味なのは、春輝の確認《かくにん》が予想外だったためだろう。

実際、これまでの春輝であれば何も聞かず作業に入っていたところだが。

(あんだけ言っといて今日も終電じゃ、また心配かけちゃうだろうしな)

昨日の自分の言葉を想起して、思い直した形である。

「桃井、この後で予定してたレビューって確か急ぎのやつじゃなかったよな？　悪いけど、明日に回してもらってもいいか？」

「え、ええ、構いませんが……」

ちょうど通りかかった貫奈《かんな》にも確認すると、彼女はパチクリと目を瞬《またた》かせた。

「……先輩《せんぱい》、今日も『大したこともない野暮用《やぼよう》』ですか？」

次いで、先日春輝が口にした言葉を用いて尋ねてくる。

「そう……あぁ、いや」

頷《うなず》きかけて、春輝は首を小さく横に振《ふ》った。

「割と大したことのある……日常、かな」

「……？」

なんとなく思ったことを口にすると、貫奈が小首を傾《かし》げた。

◆　◆　◆

縦山課長への言葉通り、それからすぐに帰路に就《つ》き。

「ただいまー」

いつもより幾分《いくぶん》軽い肩《かた》を動かして、春輝は自宅の玄関《げんかん》を開けた。

「あれっ⁉　今の声、もしかして春輝クン⁉」

「……タイミング、最悪」

リビングの方から、何やらバタバタとした気配が伝わってくる。

「……？　何かあったのか？」

若干疑問を覚えながらも、春輝はリビングに向かってその扉《とびら》に手を掛《か》ける。

「あっあっ、春輝さんちょっと待……！」

中から伊織の慌《あわ》てた声が聞こえてきたが一瞬《いっしゅん》遅《おそ》く、リビングの扉は開いて。

「……うおっ⁉」

目に飛び込んだ光景における肌色率《はだいろ》の高さに、春輝は思わず目を剝《む》いた。

「きゃっ⁉」

「ちょ、ちょっと春輝クンさぁ……！」

「……えっち」

どうやら着替《きが》え中だったらしく、三人共が中途半端《ちゅうとはんぱ》に制服を着た状態だった。伊織と露華は胸元《むなもと》を手で隠《かく》そうとしているが、慌てているせいかちゃんと隠せていない。というか、伊織に関してはむしろ胸元が強調される形になっていた。白亜は比較的《ひかくてき》上手《ま》く大事なところを隠せていたが、春輝の方にジトッとした目を向けてきている。

「す、すまん！」

慌てて身体《からだ》を反転させ、後ろ手でリビングの扉を閉める。

（早く帰るなら帰るで、ちゃんと連絡《れんらく》すべきだったな……）

今更ながらに、そんなことを思う春輝であった。

（つーか、ラッキースケベイベントって現実に発生するもんだったのか……実際に遭遇《そうぐう》すると、嬉《うれ》しさとかより罪悪感の方が遥《はる》かにデカいな……）

気まずさを胸に、ひとまず自室に向かおうとしたところ。

「……っと。これ、届いてたのか」

部屋の前に、通販《つうはん》サイトのロゴが印字されていた段ボール箱が置かれていることに気付いた。どうやら、春輝が不在の間に届いた荷物を誰《だれ》かが置いておいてくれたようだ。

「……今のうちに、放り込んどくか」

気分を落ち着かせるのも兼《か》ねて、春輝は奥まった位置に存在する部屋へと足を運ぶ。

春輝が『オタク部屋』と呼んでいるそこは、かつてその名の通りオタク活動に勤《いそ》しむための部屋だったのだが。今や、日々届くグッズを陳列《ちんれつ》するだけの空間となっていた。

「つーか、何だったったっけこれ……？　ブルーレイ……『キスから始める魔法《まほう》少女』？

……あぁ、小枝《こえだ》ちゃんがメインヒロインやってる深夜アニメか」

もはや自分で何を注文したのかすら曖昧《あいまい》で、段ボールを開封《かいふう》しながら苦笑《くしよう》する。

「買ったはいいけど、観《み》るかなぁ……？　ネットに上がってたダイジェスト版は観たし、もういいかな……どうせちゃんと観る時間なんて取れないだろうし……」

独り言と共に、小さく溜《た》め息《いき》を吐《つ》く春輝。社畜《しやちく》生活の中では碌《ろく》にオタク活動も出来ず、室内には開封すらしていないものも多数存在した。社会人になりたての頃に奮発して購入《こうにゆう》した大型のモニタも、今や虚《むな》しく埃《ほこり》を被《かぶ》っている。

そんな様を時折眺《なが》めては一人虚無感《きよむかん》を覚えるのが、春輝にとっての日常。

ただし、それは……数日前までは、の話である。

「いやぁ、はっはー。春輝クン、さっきは見事なラッキースケベだったねー」

思考の海に沈《しず》んでいた春輝はこの家に他の人間がいることを失念しており、後ろから聞こえた声にビクッと身体を震《ふる》わせた。

「それとも、もしかして狙《ねら》って……って、およ？」

春輝が固まる中、軽く上半身をズラして露華がオタク部屋の中を覗《のぞ》き込む。

「おー、壮観《そうかん》って感じー？」

感心したような声に、春輝の背にブワッと嫌《いや》な汗《あせ》が流れ出した。

蘇《よみがえ》ってくるのは、十年以上前の記《き》憶《おく》。クラスメイトたちの嘲笑《ちょうしょう》だ。

「あっ、これ知ってる。ヒロインが主人公とキスするとパワーアップするやつだよね？」

しかし予想していた、馬鹿《ばか》にするような声は訪《おとず》れず。

「確か、こんな感じでやるんだよねぇ……？」

「ちょ……!?」

イタズラっぽい表情で顔を寄せてくる露華に、春輝は動揺《どうよう》して仰《の》け反《ぞ》った。

「おわっ!?」

「きゃっ!?」

その拍子《ひょうし》にバランスを崩《くず》し、咄嗟《とっさ》に掴《つか》んでしまったのは露華の肩。

結果、ドスンと音を立て二人して廊下《ろうか》に倒《たお》れ込むことになった。

「痛ぇ……って、あれ……？」

身体を起こそうと手を伸《の》ばすと、何やらふにょんとした感触《かんしょく》が返ってくる。

「は、春輝クン、手……」

だいぶ嫌な予感を覚えつつそちらに目を向けると、己《おのれ》の手が露華の胸をガッツリ掴んでいる光景が。もう少し視線をズラすと、真っ赤になった露華の顔が目に入ってくる。

「露華ー？　今の音、どうしたのー？」

と、そこでリビングから伊織が顔を出した。

「……って」

そして、春輝と露華の方を見て固まる。

「露華、貴女《あなた》また……！」

「もしかして、お姉の中には『体勢』って概念《がいねん》が存在しないの!?　どこからどう見てもウチが襲《おそ》われてる側っしょ今回は！」

「そんな、春輝さん……」

「待て、事故だ事故！」

露華に疑わしげな目、春輝に嘆《なげ》きの目を向けてくる伊織に、二人であわあわと返す。

「……これ」

他方、そんなやり取りには我関せずといった様子でトテテ歩いてきた白亜が、春輝の手にあるブルーレイのパッケージに目を向けた。

「キスマホ……しかも、初回限定盤《ばん》の特別仕様のやつ」

表情の変化こそ少ないながら、その目はどこかキラキラしているように見える。

「……白亜ちゃん、知ってるの？」

「うんっ、この期だと一番好きだった」

立ち上がりながら尋ねると、白亜はやや鼻息も荒《あら》く頷いた。

「そういや、露華ちゃんも知ってるようだったけど……」

「ウチは白亜の付き合い的な感じで観始めたんだけどね。普通《ふつう》に面白《おもしろ》かったよ」

春輝に少し遅《おく》れて立ち上がり、露華は未《いま》だ少し赤い顔を逸《そ》らしながらもそう言う。

「じゃ、じゃあ、この部屋を見ても引いたりしない……のか……？」

「？　引くというと、何にでしょう？」

恐《おそ》る恐る尋ねてみると、伊織が不思議そうに首を傾《かたむ》けた。

「ウチらは、ほら、白亜が割とガチ気味だから」

「わたし、ガチ勢」

何やら察した表情の露華に頭を撫《な》でられ、白亜はなぜか誇《ほこ》らしげに胸を張っている。

「でも、ロカ姉も凄《すご》い。わたしのコスプレ衣装《いしょう》を作ってくれる」

「へぇ、そうなんだ？」

白亜がコスプレをするということと、その衣装を露華が作るということ。どちらも思ってもみなかった事実で、二重の意味で驚《おどろ》きであった。

「ふふん。これでウチ、けっこー女子力マシマシよ？」

自身を手の平で指した後、露華はニンマリ笑って春輝に身を寄せる。

「夜の方も……ね？　そろそろ襲いに来てくれてもいいんだよ、春輝クン？」

「もう、露華！　すぐにそういう話に持っていかない！」

今回のからかい対象は、春輝というよりは伊織なのか。

顔を赤くする伊織を見て、露華はニヤニヤと笑っている。

(つーか、露華ちゃんも口で色々と言う割には結構純情だよな……)

先程《さきほど》の赤面を思い出してそんなことを考えていると、ツンツンと腕《うで》をつつかれた。

「お兄さん……中、入ってもいい？」

「ん？　あぁ、お好きにどうぞ」

頷いて返すと、白亜はどこかソワソワとした様子で早速《さっそく》室内へと足を踏《ふ》み入れる。

「ふおぉ……！」

そして、感嘆《かんたん》と思《おぼ》しき声を上げた。

「これは、お宝の山……！」

先程以上にキラキラと目を輝《かがや》かせて、忙《せわ》しなく室内を見回している。

「特にこの辺りの、小枝ちゃんグッズ……小枝ちゃんのデビューシングルから、今までに出たシングルもアルバムも全部揃《そろ》ってる……しかも、初回限定盤や特装版もコンプリート……抽選《ちゅうせん》でないと当たらないサイン色紙まで……？　これは、今から手に入れようと思ったらお金を積んでも可能かどうか……」

「おっ、わかるかね？」

白亜の称賛《しょうさん》に、春輝のオタク部分が顔を覗かせてきた。

「というか白亜ちゃん、もしやお主も？」

「イエス……若輩《じゃくはい》の身ながら、コエダーの末席に名を連ねる者」

ちなみに、『コエダー』というのは葛巻《くずまき》小枝ファンが自分たちのことを指す俗称《ぞくしょう》である。

春輝と白亜、しばらく二人で見つめ合い。

『……同志よ』

やがてどちらからともなく手を差し出し、固い握手《あくしゅ》を交《か》わしあった。

「あーいうノリは、ウチらにはよくわかんないよねー」

「あ、はは……」

露華と伊織が苦笑を浮《う》かべる中、ふいに白亜が視線をズラす。

「……これは？　こんなユニット、あったっけ……？」

その目は、小枝ちゃんグッズの棚《たな》に置かれた一枚のシングルＣＤへと向けられていた。

「ほぅ、そこに気付くとはお目が高い」

春輝はそのＣＤをそっと手に取って、白亜に手渡《てわた》す。ジャケットには数人の女性が写っており、パッと見では取り立てて特徴《とくちょう》もないアイドルソングといったところだ。声優が出すＣＤとしてはあまり見ないタイプのデザインだが、それもそのはず。彼女たちは、声優ではないのだから。端の方に写っている葛巻小枝だって、『当時』はまだ。

「これは、小枝ちゃんが声優に転身する前に所属してたアイドルユニットのＣＤなんだ」

「……初耳。小枝ちゃんに、そんな経歴が？」

「ぶっちゃけ、本人的にも若干《じゃっかん》の黒歴史感があるみたいだしね。アイドルっつっても地下アイドルだし、このＣＤだって手売りで数十枚売れたって程度らしい」

「つまり……激レア？」

「あぁ。小枝ちゃんが声優としてデビューした頃《ころ》に手に入れたやつだから、当時は捨て値だったけど。今じゃ、数十万円はくだらないな」

「数じゅ……⁉　わわっ⁉」

絶句した様子の白亜はCDを取り落としかけ、あわあわと両手で受け止める。

「ま、いくら積まれたって手放す気はないけどね」

「か、返す……！」

震える手で差し出してくるCDを受け取ると、白亜はホッと安堵《あんど》の息を吐いた。

手にしたCDを眺め、春輝は目を細める。

「小枝ちゃんの原点だけあってか、熱が凄いんだよ。他の子たちと比べて一人だけ飛び抜《ぬ》けてるっつーか、必死さが現れてるっつーか……だから俺、いつの頃からか辛《つら》い時はこの曲を聞く癖《くせ》が出来てたんだ。何なら、もうジャケットを見るだけでもいい。そうしたらまた頑張《がんば》れる気がしてさ。今は成功者に見えるこの子だってこんなに頑張ってきたんだからファンの俺が頑張らなくてどうする、ってな。今じゃ俺にとって、一番の宝物だよ」

実際、これまでに何度もそうして辛い場面を乗り越《こ》えてきた。

比喩《ひゆ》無しに、春輝はこのCDの存在に救われてきたのだ。

「お兄さん……」

白亜に呼ばれ、春輝はハッと我に返った。

「って、なんか恥《は》ずかしい話しちゃったな……」

苦笑《くしょう》して、自らの頰《ほお》を搔《か》く。

「そんなことない」

白亜が、ふるふると首を横に振《ふ》った。

「お兄さんがそうやって頑張ってくれてるから、わたしたちはこうして無事に暮らしていられる。わたし、お兄さんに感謝してる……いつも、ありがとう」

そして、ペコリと頭を下げる。

「いやぁ、いいこと言うねぇ白亜。ウチも、日々全く同じことを思ってるよ」

「ロカ姉……妹の発言に便乗とは、恥《はじ》を知るべき」

笑いながらペチペチ頭を叩《たた》いてくる露華の手を、白亜が鬱陶《うっとう》しそうに払《はら》い除《の》けた。

「あのあの、勿論《もちろん》私も、日々感謝しておりますので！」

出遅《でおく》れたためだろうか、伊織が慌《あわ》てた調子でペコペコと何度も頭を下げてくる。

「いや、そんな改めて言う必要ないから……」

苦笑を深め、春輝は手を振った。

「ところで、お兄さん」

と、白亜が再び見上げてくる。

それから、上目遣《うわめづか》いで尋《たず》ねてきた。

「わたし、時々この部屋に来てもいい？」

「勿論、いつでもどうぞ」

「ありがとう……！」

春輝が頷《うなず》くと、白亜はニパッと笑った。

同居して数日、初めて彼女の心からの笑顔《えがお》を見た気がした。

「お兄さん、あと、その……」

そこから一転、モジモジと何やら言いづらそうに俯《うつむ》いてしまう。

「どうした？　遠慮《えんりよ》せずに、何でも言ってくれていいぞ？」

「なら……」

春輝が促《うなが》すと、少し赤くなった顔を上げた。

「お兄さんのこと……ハル兄、って呼んでもいい？」

「ん？　初日にも言った通り、好きに呼んでくれて構わないさ」

正直少し拍子抜《ひようしぬ》けした気分で、春輝は軽く頷く。

「おぉ……」

「……二人共、失礼。わたしは、同志に敬意を表しただけ」

姉二人の感嘆に、白亜はふくれっ面《つら》を返した。

「あぁでも、代わりに……って、わけでもないんだけど。今度、白亜ちゃんのコスプレ姿が見てみたいかも。きっと可愛《かわい》いんだろうな」

「か、可愛いなんて、そんなこと、ない……」

顔を赤くして俯く様も、初めて見る類《たぐい》のものだ。

「春輝クンって、やっぱり……」

「い、いや、あれは父性的なものだよ……た、たぶん……」

ヒソヒソと囁《ささや》き合う二人の声は、聞こえなかったことにした。

「でも、ごめんなさい。コスプレ見せるのは、無理……衣装、持ってきてないから……」

「いやいや、謝るようなことじゃないって。こっちこそ変なこと言ってごめん」

ペコリと頭を下げてくる白亜に、春輝は笑って手を振る。

「そうだよな、考えてみればウチに来た時からほとんど荷物持ってなかった……し……」

言葉の途中《とちゅう》で、春輝はとある重要な事実に気付いた。

目の前の白亜を見下ろす。

制服姿である。

振り返って、伊織と露華に目を向ける。

勿論、制服姿であった。

『……？』

春輝の視線を受けて、疑問符《ぎもんふ》を浮かべる三人……その全員が、制服姿なのである。

◆　◆　◆

「そんな……！　春輝さん、やめてください……！」

「いいや、やらせてくれ！　じゃなきゃ収まらない！」

なんてやり取りをする伊織と春輝、そして露華と白亜は。

「女の子なら、ヘアアイロンとかも必要なんだろ？　せっかくだし、ドライヤーもいいやつ買うか。そうだ、四人分だと洗い物も大変だろ？　食器洗い機も買っちゃおう」

四人揃って、ショッピングモールを訪《おとず》れていた。

小桜姉妹《しまい》が私物らしい私物を持っていないことにようやく気付いた春輝が、急遽《きゅうきょ》決めた形である。制服も洗濯《せんたく》して着回していると知って、服屋へ……と思ったのだが、せっかくなのでこの機会に必要なものを全部買い揃えてしまおうという魂胆《こんたん》であった。現在は電気屋にて、春輝が製品番号を示す札を気軽な表情でヒョイヒョイと手に取っている。

「確か、もう春休みも半分くらい過ぎてたよな？　てことは、文房具《ぶんぼうぐ》とかも買わないとだよな……あっ、つーか歯ブラシとかはどうしてるんだ？」

「その程度の小物は持っていたので……って、そうではなくて！」

軽快な調子で歩く春輝の前に、伊織が立ちはだかった。

「私たちは、住まわせてもらってるだけで十分ですので……！」

「そうは言っても、今まで無くて困ったものとかあったろ？」

「そ、それは、まぁ、その……」

嘘《うそ》のつけない性格である伊織が、そっと目を逸《そ》らす。

「ごめんな、今まで気付かなくて」

「いえ、春輝さんに謝ってもらうようなことでは！　それに今でも十分良くしていただいてますし、これ以上は……！」

「まーまー、いいじゃんお姉。買ってくれるって言ってるんだしさ」

春輝と伊織の会話に割り込んだ露華が、小さく肩《かた》をすくめた。

「このお礼は、カラダで……ね？　春輝クン？」

「な、なるほど、身体《からだ》で……！」

パチンと春輝へとウインクを送る露華に、伊織は顔を赤くしつつも大きく頷く。

「……家事で役に立つって意味だよな？　な、露華ちゃん？」

「さぁて、それは春輝クン次第《しだい》かなぁ？」

釘《くぎ》を刺《さ》しておくと、露華は意味深に微笑《ほほえ》んだ。

「というわけでお姉、遠慮なくおねだりしちゃおう！　ほら、こないだ包丁が切れにくいとか言ってたじゃん？　あとなんだっけ？　大きめの鍋《なべ》が欲《ほ》しいとか？」

それから、ポンと伊織の肩に手を置く。

「ちょ、ちょっと露華……！」

「いやいや、こういうのは遠慮した方が失礼なんだって！　ねっ、春輝クン？」

「まぁ、そうだな」

若干言わされた感もあるが、実際春輝としても遠慮は必要ないと思っていた。

「それじゃ、その……確かに新しい包丁やお鍋は欲しいので、次は金物系のお店に連れて行っていただけると嬉《うれ》しいです……あとスポンジが足りないのと、ハンガーの劣化《れっか》が激しいので、一〇〇均辺りで色々と買い揃《そろ》えたいですね……それからそれから……」

やはり色々と不足はあったらしく、伊織は視線を上に向けて指折り候補を挙げていく。

「わかった、順番に回っていこう。途中で他《ほか》に必要なものを思い出したら、遠慮なく言ってくれ。服選びは時間もかかるだろうし、最後にしようか」

「はい、それで構いません。お気遣《きづか》いありがとうございます」

という感じで方針が決まったため、一同再び歩き始め……そこでふと、白亜が立ち止まったままであることに気付いて春輝は足を止めた。

「白亜ちゃん？」

「……あ、ごめんなさい。今行く」

呼びかけるとすぐに追いかけてきたが、その目が直前まで向けられていたのは。

「……Ｗｅｂカメラ？　興味あるの？」

「ん……」

春輝の問いに、白亜はどこか恥ずかしそうに頷いた。

「配信者、ちょっと興味あったから……コスプレで配信とか、楽しそうかなって……」

「へぇ、そうなんだ？」

少し前までであれば驚《おどろ》いたことだろうが、オタク趣味《しゅみ》への造詣《ぞうけい》が深いという白亜の一面を知った今ではそこまで意外さも感じない。

「そんじゃ、これも買おっか。あとはヘッドセットかな？　パソコンは、俺のを使ってもらえばいいだろうし……確か動画編集系のソフトも入ってただろ」

だから、春輝は気軽な調子でWebカメラとヘッドセットを手に取った。

「ハ、ハル兄、流石《さすが》にそれは……！」

「いいっていいって、そんな高いもんでもないし」

あわあわと慌てた様子を見せる白亜の頭を、空いている方の手で撫《な》でる。

「春輝クンって……」

「ふ、父性……父性的なものだから……」

ヒソヒソと囁き合う二人の声は、今度も聞こえなかったことにした。

◆　◆　◆

一通り生活必需品《ひつじゅ》の類を買い終え、女性向けアパレル店の入り口に来た一同。

「そんじゃ、カード渡《わた》すから好きなの買ってきな」

と、春輝は自身のクレジットカードを差し出す。

庶民《しょみん》向けの店でそこまで高価な商品がないことを知っているというのもあったが、無茶な使い方をするような子たちではないと思える程度の信頼《しんらい》はこの数日で築けていた。

「あ、はい……」

ここまで度々《たびたび》遠慮を見せていた伊織も、いい加減諦《あきら》めたのか素直《すなお》にそれを受け取る。

ただ。

（……なんか、ちょっと残念そう……か？）

その表情の意味が、春輝にはわからなかった。

「いやいや、春輝クンさぁ。ここでこそ出番ってやつっしょ」

どこかイタズラっぽく笑う露華が、肘《ひじ》で脇《わき》を突《つつ》いてくる。

「なんでだよ……服なんてそんな重いもんでもないし、男手はいらなくないか？」

「もう、春輝クンは女心ってやつがわかってないよねぇ。服を選ぶなら、やっぱ男の人の意見も欲しいと思っちゃうのが女子なわけよ」

「俺なんかの意見聞いたって仕方ないだろ？」

「……はぁ」

首を傾《かし》げる春輝に、露華はこれみよがしに溜《た》め息《いき》を吐《つ》いた。

その傍《かたわ》らでは、白亜が「やれやれ」と呟《つぶや》きながら肩をすくめている。

一方の伊織は、何やらチラチラと春輝に視線を送っていた。

「なんだよ、皆《みんな》して……」

「いいから、行こっ！　美人姉妹のファッションショー、特等席で見れるんだよ！」

露華に引っ張られ、結局春輝も入店することとなる。

（女の子に引っ張られて、女性向けの服屋に入店……か。まさか、このイベントも現実に発生するものだったとはな……二次元って、実は意外と現実に近かったりする……？）

ぼんやりと、そんなことを考えながら。

からの、店内で開催《かいさい》されたのはまさしく『ファッションショー』であった。

「ほら春輝クン、これ良くない？　胸元《むなもと》も開いてて、お姉のセクシーさをアピール！」

「イオ姉にはやっぱり清楚《せいそ》系……ハル兄もそう思うでしょ？」

ただし、先程《さきほど》からモデル役を務めるのは伊織のみ。入店早々から、露華と白亜が競《きそ》い合うように伊織に似合う服を見繕《みつくろ》っていた。春輝としても、それ自体は構わないのだが。

「……なんでいちいち俺に判定させるんだ？」

その点だけが、腑《ふ》に落ちなかった。

「それは……」

「ねぇ……？」

姉妹でだけ通じ合うものがあるのか、二人は意味深に視線を交《か》わし合うのみである。

「小桜さんも、俺なんかに判断されても嫌《いや》だろ？」

仕方なしに、伊織の方へと水を向けてみた。

「いえ！　私、春輝さん好みになりたいと思っていますので！」

しかしそんな力強い答えが返ってきて、ますます困惑《こんわく》することになる。

「……あっ、あっ、違《ちが》います！　間違えました！」

一瞬《いっしゅん》遅れて、伊織の顔が真っ赤に染まった。

「その、男性に好かれる感じになりたくて！　いえそれじゃ尻軽女《しりがるおんな》みたいになっちゃう気もしますが、それも違ってですね！　特定の男性だけでいいと言いますか！　特定の男性と言っても気になる相手がいるわけではなくいやいないわけでもないのですが……！」

「わ、わかったから、一旦《いったん》落ち着こうか？」

伊織の目がグルグルと回り始めたので、その背を叩《たた》いて宥《なだ》めにかかる。ぶっちゃけ、周囲の視線が気になった。ただでさえ、店内の客のほとんどが女性で少々気まずいのだ。

「そうだねお姉、とりあえずちょっと落ち着こうね」

「イオ姉、どうどう」

露華と白亜もそれに加わり、徐々《じょじょ》に伊織の様子も平常モードに戻《もど》ってきた。

「す、すみません、取り乱しました……」

「ははっ……いいよ、気にしないで」

何度も見た光景に、実際いい加減慣れ始めている春輝である。

「そ、それより二人共、そろそろ自分の分を選んできなさい？　いつまでも春輝さんに付き合わせちゃうのも悪いでしょ？」

『はーい』

伊織の言葉に素直に頷《うなず》き、露華と白亜はそれぞれ店内へと散っていった。

「……ところで、春輝さん」

それを見送ってから、伊織はまだ少し赤い頰《ほお》を隠《かく》すように両手の服を持ち上げた。

それぞれ、先程露華と白亜が見繕ったものである。

「どっちの方が、好みですか？」

「………………俺個人で言うと、白亜ちゃんが選んだ方かな」

しばしの沈黙《ちんもく》を経て、春輝は露出《ろしゅつ》の少ない方の服を指差した。

「なるほどっ！　じゃあ、こっちを買うことにしますねっ！」

すると、伊織はパッと笑みを輝《かがや》かせて春輝が指した服を抱《だ》きしめる。

「いや、俺なんかの意見は参考にしない方が……」

「いえ、実は私もこっちの方が良いと思ってましたので！」

「そ、そう……？　それならいいけど……」

伊織が時折発揮する謎《なぞ》の押しの強さに、春輝としては頷く他なかった。

「それでは、店内にいるのも気まずいでしょうし後は外で待っていただければと」

「ん……？　まぁ、ここまで来たら最後まで付き合うけど？」

「あ、いえ、その……」

言葉を濁《にご》し、目を背《そむ》ける伊織……その視線の先を見て、春輝も察する。

「この後、ちょっと向こうの方もカバーしておきたいので……」

そこにあったのが、下着コーナーであったためである。

「そ、そうだよな！　それじゃ俺は、外で待ってるわ！」

頬が熱を持ったのを自覚しつつ、踵《きびす》を返した……その、矢先のことであった。

「……今、何やら先輩《せんぱい》の声が聞こえたような」

店内に、知り合いの顔を見つけたのは。

(げぇっ、桃井!?　小桜さん、見つかるとマズい！　とりあえず隠れよう！)

そんな思いを込《こ》めて伊織に目をやると、彼女も確信を持った表情で頷いてくれた。

共に暮らして数日、アイコンタクトで意思疎通《いしそつう》を図《はか》れるまでになっていたようだ。

春輝は、素早くその場に屈《かが》んで陳列棚《ちんれつだな》に並ぶ服で身を隠す。

一方の、伊織は。

「どうもこんにちは、桃井さん！」

と、貫奈の前に出て腰《こし》を折っていた。

(って、なんで自分から見つかってんの⁉　今の自信満々の頷きは何だったんだ⁉)

共に暮らして数日、アイコンタクトで意思疎通を図れるまでにはなっていないようだ。

「あら小桜さん、こんなところで奇遇《きぐう》ね」

「はい、奇遇ですね！　とても奇遇です！　思いがけない巡《めぐ》り合いという意味です！」

「なぜ辞書的な意味をわざわざ口に……？」

(やべぇな、早くもテンパってるし桃井も訝《いぶか》しんでる……)

直接は見えずとも貫奈の声色《こわいろ》からそう判断出来て、春輝の頬を冷《ひ》や汗《あせ》が流れた。

「その、ちょっと現国の復習をと思いまして！」

「そう、それは感心ね。ところで、この辺りで先輩……人見さんを見なかった？　さっき、声が聞こえたような気がしたのだけれど」

「全く見ていないです！　春……人見さん一人さえ一目とて見かけずです！」

「なぜちょっとラップ調に……？　まぁいいわ、やっぱり気のせいだったってことね。先輩に女の影《かげ》……もとい、お付き合いされている女性でも出来たのかと思ったんだけど」

「あ、それはないと思います。春……人見さん、毎日真《ま》っ直《す》ぐ帰ってらっしゃるので」

「……なぜ貴女《あなた》がそんなことを？」

貫奈の口調が、どこか厳しさを伴《ともな》ったものに変わる。

（途中《とちゅう》までまぁまぁ上手《うま》くいってたのに、なぜ最後にボロを出す……！　ていうか桃井、なんでそんなに俺のことを掘《ほ》り下げたがるんだよ!?　俺のこと大好きか!?）

図らずも真実に辿《たど》り着いている春輝だが、その事実に気付く者は誰《だれ》もいなかった。

「あ、その……私の家、春輝さんのお住まいの近くで！　よくお見かけするんです！」

（よし、今のはナイス機転だ小桜さん！）

「そうなの……？　……ところで小桜さん。さっきからちょいちょい言い間違えそうになってたけど、今のは完全に『春輝さん』って言ってたわね」

（と思ったら、脇が甘かった！　ていうか、俺も慣れきってて違和感《いわかん》なかったわ！）

「それは、えーと……！　あれです！　そう呼びたいなって心の中で思ってたのがついつい口に出ちゃった的な感じです！」

（なんだその言い訳は!?　それじゃ誤魔化《ごまか》せないって！）

「……そう」

（……って、あれ？）

「まぁ、そういうこともあるわよね」

（は？　え？　通った……？　なんで……？）

「えっと……もしかして、桃井さんも……？」

「……そうね。考えることはあるわ」

（えぇ……？　なんかよくわからないけど、女子的にはあるあるなのか……？）

「ところで、小桜さんはこの後何を見るの？」

「あ、はい。下着をいくつか」

「そう。なら、ご一緒《いっしょ》してもいいかしら？　同性の意見も聞きたいし」

「はい、喜んで！」

（ま、まぁ、とにかく誤魔化せたっぽいな……今のうちに移動するか）

腰を落として陳列棚に身を隠したまま、春輝は移動を開始する。

「……ちなみに小桜さん。それ、Ｆくらいあるの？」

「あっ、えっと、その……最近、Ｇに……」

直後、聞こえてきた会話に思わず足が止まった。

この会話の流れでアルファベットといえば、アレしかあるまい。

（Ａ、Ｂ、Ｃ、Ｄ、Ｅ、Ｆ……）

指折り数えたところで、春輝はハッと我に返った。

（いかんいかん、早く離脱《りだつ》しないと……）

そして、再び足を動かし始める。

「まさか、Gとは……先輩は巨乳《きよにゆう》好きだし、油断出来ないわね……」

（なぜお前がそれを知っている⁉　ていうか、油断出来ないって何だよ⁉　俺、女子高生バイトに手を出すと思われてんのか⁉）

何やら危機感に満ちた貫奈の声には、心の中でだけツッコミを入れた。

◆　◆　◆

とにもかくにも、どうにか貫奈に見つからないようアパレル店を脱出し。

春輝は、店の前のベンチに座って小桜姉妹《しまい》が出てくるのを待っていた。

（さて、あとどのくらいかかるかな……）

時間を潰《つぶ》しがてら他の場所で多少用事を済ませたりもしたが、まだまだ待つことになるだろう。そう考えてスマホを取り出し、適当なサイトを閲覧《えつらん》し始める。

そうして、しばらくスマホの画面に目を落としていたところ。

「……わっ！」

「っ⁉」

間近で叫《さけ》ばれ、春輝はビクッと震《ふる》えて思わずスマホを取り落としそうになった。

「へへー、驚《おどろ》いた？」

顔を上げると、してやったりとばかりの顔の露華が目の前に。

「露華ちゃんか……」

まだ若干《じやつかん》心臓がバクバクしているのを自覚し、春輝は苦笑《くしよう》を浮《う》かべる。

「随分《ずいぶん》早かったな。ていうか、露華ちゃんだけ？」

それから他二人がいないことに疑問を覚え、問いかけた。

「ん、ウチの分だけ先に選んでお会計してきたの」

と、露華は手にした袋《ふくろ》を掲《かか》げて見せる。

「春輝クン、寂《さび》しがってるかなーって思ってね」

そして、ニッと笑いながら上半身を寄せてきた。

「どう？　寂しかったでしょぉ？」

その際に、大胆《だいたん》に開いた胸元《むなもと》から下着がチラッと見えて。

「ろ、露華ちゃん、見えちゃってるから……！」

「……ふえっ!?」

春輝が慌《あわ》てて目を逸《そ》らすと、露華は可愛《かわい》い叫び声を上げる。

「……ふ、ふふっ。やだなぁ、春輝クン。こんなの、見せてるに決まってるじゃん？」

反射的にといった感じで身体《からだ》を引く仕草を見せた露華だが、しかし口元に笑《え》みを浮かべたかと思えばむしろ更《さら》なる前傾《ぜんけい》姿勢を取り始めた。

「そう……」

それを横目に、春輝はもう少し大きく目を逸らす。

「やっだ春輝クン、照れちゃってる？　照れちゃってるぅ？　春輝クンって、結構純情だよねぇ。あんまりオンナ慣れしてないって感じぃ？」

「うん、まぁ……」

「大体さー。春輝クン、ウチの恥《は》ずかしいとこなんて出会ったその日にもうほとんど全部見ちゃってるでしょ？　この程度で動揺《どうよう》するなんて、今更ー」

「うん、まぁ……」

「ほらほら、もっと見てもいいんだよぉ？」

「うん、まぁ……」

定型で返しながら、春輝は視線を下げないように意識しながら露華の顔を窺《うかが》い見る。

「ていうか、恥ずかしいならやめとけば？」

「…………はい」

赤い顔にヒクヒクとぎこちない笑みを浮かべていた露華は、小さく頷《うなず》いてから笑みを消して胸元のボタンを一つ留めた。

「……あ、あぁ、そうだ」

若干気まずい空気を払拭《ふっしょく》すべく、春輝は話題を変えることにする。

「これ、良ければ貰《もら》ってくれないかな？」

ポケットから取り出したのは、とあるアクセサリブランドの紙袋《かみぶくろ》である。

アパレル店を出た後、待ち時間を利用して一人で買ってきたものだ。

「……え、何？　春輝クン、本格的にウチのこと買っちゃう系？」

前置きがなかったせいか、露華はパチクリと目を瞬《また》かせた。とはいえ本気の口調でないのは、春輝がそういうことを意図する人間ではないともうわかっているからだろう。

「店の前通った時に視線で追ってたからさ。欲《ほ》しいのかな、って。違《ちが》ってたらごめん」

「……春輝クン、意外と細かいとこまでよく見てるよね」

とりあえず勘違《かんちが》いではなかったようで、春輝は内心で安堵《あんど》の息を吐《つ》く。

「でも、だからってプレゼントって発想にはならなくない？　ただでさえウチ、今日は好き放題欲しいもの買ってもらったわけだしさ」

実際、今日の買い物を通して露華はあれが欲しいこれが欲しいと言いまくっていた。

けれど。

「でもそれは、全部生活に必要なものだろ？　君自身が欲しいものは一つも言ってない」

実は結構抜《ぬ》けたところもある伊織をフォローする形で、彼女が見落としていたものを露華が指摘《してき》するという構図が続いていたのだ。

「だって、今日はそういう趣旨《しゅし》じゃん？」

納得《なっとく》いかないのか、露華は眉根《まゆね》を寄せている。

「そうなんだけどさ。なんつーか……君、いっつも気ぃ遣《つか》ってるだろ？」

「はぇ……？」

しかし春輝の言葉に、再び目をパチクリさせた。

「お姉さんが気付かないところのフォローしたり、自分がしたいことより白亜ちゃんを優先したりとかさ。今だって、ホントはもっと時間をかけて選びたかったのに俺が退屈《たいくつ》しないようにって早めに切り上げてくれたんじゃないか？」

奔放《ほんぽう》に見える露華ではあるが――そして実際、そういう部分があるのも確かだが――その実、いつも人のためを思って行動していることを春輝は知っていた。そもそも初日からして、姉妹を守るべく自分の身体を差し出そうとしてきたのはまだ記憶《きおく》に新しい。

「だから、これはお礼……というより、ご褒美《ほうび》？　っていうと、ちょっと偉《えら》そうかな」

言葉の途中で少し恥ずかしくなってきて、春輝は苦笑気味に頬《ほお》を掻《か》く。

「……ちょっと、春輝クンさぁ」

春輝が差し出す紙袋を受け取り、露華は自身の顔を隠《かく》すようにそれを持ち上げた。

「やめてよ、そういうの……ウチのキャラじゃないし……」

紙袋の向こうに見える顔は、真っ赤に染まっている。

「ま、なんだ」

春輝は、軽く肩《かた》をすくめた。

「姉妹のことばっかじゃなくてさ、たまには自分の欲しいものを素直《すなお》におねだりしてもいいんだぜ？　露華ちゃんも、まだ子供なんだからさ」

ぽんぽん、と露華の頭を撫《な》でる。

「……だから、子供じゃないんですけどぉ」

抗議《こうぎ》の声は、いつもより少し弱々しく聞こえた。

「大人ぶってるうちは子供なんだっての」

引き続き、頭を撫でながら喋《しゃべ》る。

「その気遣いは偉いし、正直言えば助かってる部分も大きいけどさ。今は、大人が……俺がいるんだ。ちょっとくらいは甘えてくれ」

「……春輝クンらしからぬカッコつけ」

「ぐむ……」

自分のキャラと合わぬことをしている自覚はあったので、呻《うめ》くしかなかった。

（やっぱ、痛い行動だったか……まぁ、そんな気はしてたけど……プレゼントとか頭を撫でるとか、モブキャラな俺がやってもキモいだけだもんな……）

春輝が内心で反省する傍《かたわ》ら。

「……だけど」

紙袋を開けて、露華がその中身を取り出す。出てきたのは、トップに花の意匠《いしょう》がデザインされたネックレスだ。軽く俯《うつむ》いた状態でそれを自身の首に付けて、露華は顔を上げた。

「ありがと、嬉《うれ》しいよ」

そこに浮かぶのは、はにかむような笑み。よく見せる、からかう調子のものとは違って……素直に笑っている、という感じだ。そうしていると、いつもより幾分《いくぶん》幼く見えた。

（この子も、こんな風に笑うんだな……）

何とは無しに、そんなことを考える。

（一緒《いっしょ》に暮らしてても、まだまだ知らない面ってあるもんだなぁ……）

当たり前のことを、今更ながらに改めて思った。

「……ね、春輝クンってさ」

視線を落としてネックレスのヘッドを弄《いじ》りながら、露華がポツリと呟《つぶや》く。

「ん？　何？」

「お姉のこと……」

空気に溶《と》けていくかのような声は、辛《かろ》うじて春輝の耳に届く程度の大きさだ。

「……いや、やっぱ何でもない！」

それが突然《とつぜん》、いつも通りの声量に戻《もど》った。

「なんだよ、気になるな」

「んふぅ、女の子には秘密が付き物だから……ね？」

顔に浮かぶ笑みも、すっかりイタズラっぽいものとなっている。

「ところで春輝クン、お姉にも何かプレゼント用意してるんだよね？　白亜も実況者《じつきよう》セット買ってもらったわけだし、お姉だけ何も無しじゃ可哀相《かわいそう》だよ？」

「あぁ、肩凝《かたこ》りが酷《ひど》いって言ってたからマッサージグッズを一応買っといたけど……」

「おぉ、いいチョイスだねぇ。にひひ……お姉、ぶら下げてるものが大きいからねぇ」

「なんかオヤジ臭《くさ》い言い方だな……」

「春輝クンに合わせたんだけど？」

「いや、俺はまだ『お兄さん』の範疇《はんちゆう》だから……」

「…………うん、そうだね。春輝クンは、お兄さんだよね」

「おい、なんか優《やさ》しい目で言うのはやめて差し上げろ！　普通《ふつう》に傷つくから！」

「あっはー、冗談《じょうだん》だって！　大丈夫大丈夫《だいじょうぶ》、春輝クンはちゃんとお兄さんだからさ！　ウチ、春輝クンとだったら全然付き合えるしねっ！」

「まぁ、それは俺の方が無理だけど……」

「ちゃんとフォローしてあげたウチに対して何なのその仕打ち!?」

なんて。それは、先《さき》の一件などなかったかのようなあまりにいつも通りのやり取りで。

（……知らない面っつーか、女の子のことは俺には一生わからんかもな）

内心で、お手上げのポーズを取る春輝であった。

◆　◆　◆

そうして買い物を終え、帰宅しての夜。

「ふう……結構疲《つか》れたなぁ」

風呂場《ふろば》にてシャワーを浴びながら、春輝はそんなことを呟いていた。

「……あっ、ボディソープ切れてる」

身体を洗おうと腰《こし》の辺りにタオルを広げたところで、その事実に気付く。

「そういや、昼に露華ちゃんが言ってたっけか……」

ちゃんとこの点を認識《にんしき》していた露華が、詰替《つめか》え用のボディソープを買っていたことを思い出した。にも拘《かか》わらず頭から抜け落ちていた自分の迂闊《うかつ》さを呪《のろ》う。

「春輝クーン、ボディソープの替え持ってきたよー」

しかし折よく、脱衣《だつい》所の方から露華の声が聞こえてきた。

「あぁ悪い、助かったよ」

ドア越《ご》しに聞こえてくる若干《じゃっかん》くぐもった声に、安堵の声を返す。

(甘えてくれ、なんて言ったその日にこれじゃ格好がつかないな)

それから、軽く苦笑《くしょう》を浮《う》かべた。

「ほんじゃ、いくよー」

「うん」

浴室扉《とびら》が少し開く。その隙間《すきま》から、詰替えパックを持った手が伸《の》びてきた。春輝は手を伸ばし、それを受け取……ろうとしたところで、なぜか勢いよく扉が全開となる。

「おっじゃましまぁす！」

そして、健康的な肌色《はだいろ》が春輝の目に飛び込んできた。

露華である。

身体にはバスタオルが巻かれているが、逆に言えば他の部分は全《すべ》て露出《ろしゅつ》している。

「ちょ、何してんだ⁉」

あまりに想定外な状況に、春輝の頭からは目を逸《そ》らすという選択肢《せんたくし》すら抜け落ちていた。

腰に広げたタオルのおかげで、こちらの大事な部分も見えていないのだけが幸いか。

「せっかくなんで、お背中流しに来たよー」

「何の『せっかく』なんだよ⁉」

「ほら、今日は色々買ってくれたしそのお礼的な？　さぁさぁ、遠慮《えんりょ》せずに」

「いや、遠慮とかじゃなくて……！」

そんなやり取りをする中……ハラリ。露華の身体《からだ》に巻かれていたタオルが解《ほど》けた。

「あっ、ヤバ……」

露華は焦《あせ》った声を出すが、それだけ。

重力に引かれてタオルは落下していく。

反射的にそれを掴《つか》もうとした春輝だがそれも空振《からぶ》り、露華は一糸まとわぬ姿に……。

「なーんちゃって！」

ならなかった。

肌色率は更《さら》に上がったが、大事な部分はしっかりと布に守られている。

「実は、下に水着を着てたのでしたー！　ビックリしたでしょ？　でしょ？」

ニヒヒ、と露華はイタズラを成功させた子供そのままといった感じで笑う。

「春輝クンに喜んでもらおうと、密《ひそ》かに水着も買っ……て……」

かと思えばその声が徐々《じょじょ》に萎《しぼ》んでいき、笑顔《えがお》もなぜか真顔寄りになっていった。

そして、その真顔がどんどん真っ赤に染まっていく。

「……？」

何がどうしたのかと、春輝も露華の視線の先を追っていき。

「っ⁉」

それが、自分の下半身から今にもずり落ちそうなタオル——露華のタオルを掴もうとした時にズレたのだろう——に向けられていることを知覚して、盛大《せいだい》に顔を引き攣《つ》らせた。

「げっ……⁉」

なんてやっている間に、ハラリとタオルが地に落ちる。

「っとぉ⁉」

その直前、春輝は奇跡《きせき》的なまでの反応速度を叩《たた》き出してタオルを引き戻した。

結果、大事な部分はどうにか晒《さら》されずに済んだ……はず。

晒されていないと思われる。晒されていないと信じたいところであった。

「……見えて、ないよな？」

「っ……！　っ……！　っ……！」

確認すると、露華はコクコクコクと猛烈《もうれつ》な速度で何度も頷《うなず》く。

「……み、みみみみ、見てないからねぇぇぇぇぇぇぇぇぇぇぇぇ!?」

かと思えばこれまた猛烈な勢いで踵《きびす》を返し、浴室から駆《か》け出ていった。「ぇぇぇぇぇぇぇぇぇ……！」と、ドップラー効果を伴《ともな》った叫《さけ》び声がしばらく春輝の耳に届き続ける。

「……何がしたかったんだ、あの子は」

叫び声が途《と》切《ぎ》れたところで、春輝はそっと浴室扉を閉めながら呟いた。自分の防御《ぼうぎょ》面は万全《ばんぜん》だったが、春輝の方の状態にまでは気が回っていなかったということなのだろうか。

色々とツッコミどころがあるというか、なんとも脇《わき》が甘い話であった。

「……とりあえず、身体洗うか」

現実逃避《とうひ》がてら、露華が置いていったボディソープの封《ふう》を切る。

この後すぐ夕食の席で顔を合わせることを思うと、非常に気まずい思いだった。

◆　◆　◆

からの、夕食にて。

「露華……？　どうして、さっきからずっとそっぽを向いてるの……？」

「うん、美味《おい》しいよお姉」

「いや、そういうことじゃなくてね……」

「うん、美味しいよお姉」

「露華、聞いてる？」

「うん、美味しいよお姉」

「……聞いてないよね？」

「うん、美味しいよお姉」

　春輝から全力で顔を逸らしたままで器用に箸《はし》を進めながら、露華は「うん、美味しいよお姉」と繰《く》り返すだけの機械と化していた。

「あの、春輝さん……もしかして、露華と何かありました？」

「聞かないでやってくれ……」

　おずおずと尋《たず》ねてくる伊織へと、苦笑と共にそう返す。

「……何か、えっちな気配を感じる」

　ビクッ!?

　ボソリと呟かれた白亜の言葉に、露華と春輝が露《ろ》骨《こつ》に反応してしまった。

「むぐむぐ……！　ごちそうさま！　美味しかったよ、お姉！」

残っていたおかずとご飯を高速で掻《か》き込んで飲み込むと、露華は慌《あわ》ただしく椅子《いす》を立ってキッチンを出ていく。結局、春輝とは一度も視線を合わせずじまいであった。

その背中を一同見送って、しばらく。

「……春輝さん？」

伊織が、春輝の方に顔を向けてくる。

「露華と、えっちなことをしていたんですか？」

そこに浮かぶのは笑みではあったが、妙《みょう》な威圧感《いあつかん》が放たれているように感じられた。

「ははっ、そういえば食後のデザートにと思ってチョコを買ってあるんだった」

露骨に話題を逸らしながら、春輝も席を立って冷蔵庫に向かう。

「二人共、甘いの好きだろ？」

白々しい笑みと共にチョコレートの箱を取り出し、開封してテーブルに置いた。

「そんな、子供相手みたいな手で誤魔化《ごまか》せると思われているのなら心外です」

と、引き続き笑顔で威圧感を放ってくる伊織であったが。

「まぁまぁそう言わず、まずは一口食べてみ？　美味しいからさ。ほら、あーん」

春輝がチョコを一つ手にとって差し出すと、キョトンとした表情となる。

「し、仕方ないですね。春輝さんにそこまでされては、食べないわけにもいきません」

そして少し顔を赤くして、「あーん」と口を開けた。

「ほい」

そこに、一口大のチョコレートを放り込む。

「むぐ……ありがとうございます……むぐ……ですが、これで誤魔化されたとは決して……むぐ……思わないで……ごくん……くださ……」

緩《ゆる》みかけた口元を無理矢理に引き締《し》めているかのような表情で咀嚼《そしゃく》する伊織。

「………………」

かと思えば、なぜか突然《とつぜん》口を噤《つぐ》んで俯《うつむ》いてしまった。

「……小桜さん？　大丈夫《だいじょうぶ》か？　喉《のど》でも詰《つ》まらせたか？　水飲むか？」

その急激な変化に戸惑《とまど》った春輝は、オロオロと水の入ったコップを差し出す。

だが、伊織に受け取ろうとする気配はなく。

「………………」

しばらくすると、無言のままガバッと顔が上がった。

「……うふっ」

その口元が、へにゃっと緩む。

「うふふふふっ！」

そして、声を上げて笑い始めた。

「あははっ！　私は一体、何を怒《おこ》っていたのでしょう！　世界はこんなにも輝《かがや》いているというのに！　さぁ皆《みな》さん、一緒《いっしょ》に笑いましょう！　あはははははっ！」

「急にどうした⁉　えっ、このチョコもしかしてなんかヤバいやつだった⁉」

虚《うつ》ろな目で宙を見ながら哄笑《こうしょう》を上げる様はどう見ても何かしらのアレな物質を摂取《せっしゅ》した人にしか見えず、春輝は慌ててチョコの箱を手に取る。だが確かに封はされていたはずだし、どこにでもある普通《ふつう》のチョコレートだとしか思えなかった。

「あー……」

白亜が、納得《なっとく》したような……あるいは、「やっちまった」とでも言いたげな声を出す。

「ハル兄。そのチョコ、お酒入りのやつ？」

疑問の形ではあったが、どこか確信が込《こ》められているように感じられる問い。

「……確かに、入ってるけど」

箱の裏を見てみると、原材料名の一覧にアルコールの名前が確認出来た。

「でもこんなの、ほんのちょっとだけだぞ……？」

今の伊織の状態も、『酔《よ》っている』と言われれば納得出来るものではある。が、そこまでのアルコール量が含《ふく》まれているとは到底《とうてい》思えず、春輝は眉根《まゆね》を寄せる。

「イオ姉はお酒激弱体質。ちょっとでも入るとこんな感じになる」

そう語る白亜の口調は、諦《あきら》め気味のものであった。

「そ、そうなのか……？　じゃあ、こうなった場合はどうすれば……」

「ごちそうさま」

対処法を聞こうとした春輝を遮《さえぎ》り、白亜は手を合わせて席を立つ。

「そうなったイオ姉は寝《ね》るまで止めるのは不可能。イオ姉の口にお酒を入れた張本人であるハル兄は、責任を持って最後まで付き合うべき」

「ちょ……!?」

そして、引き止める間もなくキッチンを出ていってしまった。

「……逃《に》げやがった」

その事実一つ取っても、今の伊織がどれほど厄介《やっかい》なのかが察せられようというものだ。

「あははははっ！　どうしたんですか春輝さん、笑いましょうよ！　あはははははっ！」

実際、これの相手をするのは超絶面倒《ちょうぜつめんどう》くさそうであった。

「…………………」

なんて思っていると、伊織はピタリと笑うのをやめてまたも俯いてしまった。

「……小桜さん？」

もしかして早々に眠《ねむ》ってくれたのか？　と、期待を抱《いだ》きながら呼びかける。

「春輝ひゃん！」

だが、すぐにまた勢いよく顔が上がった。その目は、完全に据《す》わっている。

「春輝ひゃん！　そこに座りなひゃい！」

「あ、はい……」

ビシッと指差され、春輝は浮《う》かせていた腰《こし》を椅子に落ち着かせる。

「あのでひゅねぇ、春輝ひゃん！　わたひは、怒っているのれふよ！」

春輝に向けた指をブンブンと上下に振《ふ》りながら、伊織はかなり怪《あや》しい呂律《ろれつ》で叫んだ。

（怒り上戸《じょうご》のパターンもあるのかよ……）

思わず半笑いが漏《も》れる。

「春輝ひゃん！　わたひが何に怒ってひるのか、わかりまふか!?」

だが、伊織が怒り心頭《いかりしんとう》といった感じで吠《ほ》えるので笑みは引っ込めておくことにした。

「いえ、わからないです……」

とりあえず、そのまま思っていることを返す。

「それはでふねぇ、ズルいかられふ！」

返ってきたのは、よくわからない言葉だった。

（まぁ、酔っぱらいの言うことだからな……）

話半分……というか、基本的に話の中身は気にしないことにする。

「ズルいって、何がズルいと思うんだい？」

とはいえ、一応話は合わせて尋ね返した。

「春輝ひゃん、ズルいれふ！」

「俺のどこがズルいんだろう？」

「だって、贔屓《ひいき》してまふ！　露華や白亜ばっかり！」

「そんなことないよ？　俺はちゃんと、小桜さんのことも……」

「まさに、それでひゅ！」

突《つ》きつけられたままだった指に、再び力が籠《こ》もる。

「なんでわたひだけ、名字なんでふか！　贔屓でひゅ、贔屓！」

「……なるほど」

意外と的を射た指摘《してき》に、春輝は思わず頷いてしまった。なんとなくこれまでの習慣で『小桜さん』と呼んできたが、確かにこれでは一人だけ扱《あつか》いが違《ちが》うと言われても仕方ない。

案外、伊織が普段から抱《かか》えていた思いが爆発《ばくはつ》している形なのかもしれない。

「わかったよ、伊織ちゃん」

そこで、素直《すなお》に呼び方を変えてみた。

「それでいいのれふ！」

ムフー、と伊織は満足げな表情となる。

「……やっぱり、よくないれふ」

が、すぐに一転してまた不満そうな顔となった。

「これじゃ妹たひと同じれふ！　今までの贔屓分がチャラに出来てないじゃないれひゅか！　わたひだけの特別扱いをしょもーします！」

「特別扱いって、どうすれば……？」

「そんなの春輝ひゃんが考えてくらはい！」

「ええ……？」

無茶振りではあるが、これも日々不満を溜《た》めさせてしまったせいかと真摯《しんし》に考える。

「……伊織」

そして、考えた末がこの結論であった。

「これでどうだろう？　伊織」

「むむむっ……」

尋ねると、伊織は難しい顔で固まる。

（ミスったか……？）

と、不安になる春輝だったが。

「……にへへへへぇ」

すぐに伊織の表情は、この上なく緩んだものとなった。

「いいじゃないれふか春輝ひゃん！　とてもいいでふよ！　春輝ひゃんはやれば出来る子！　わたひ、知ってまひた！　ずっとずっと知ってまひた！」

「ははっ、どうも……」

予想以上の大絶賛に、春輝は微妙《びみょう》な笑《え》みを浮かべる。

「ほれじゃ春輝ひゃん！　どんどん飲んでいきまひょう！」

「いや、酒とかないし……」

「ありまふよぉ、ほら！」

伊織がチョコレートに手を伸《の》ばしたので、慌てて止めようと春輝も手を伸ばす。

「いや小桜さん、それ以上は……」

「むっ！」

しかし伊織にグッと睨《にら》まれ、思わず手を止めてしまった。

「違うでひょ、春輝ひゃん！」

「あー……伊織、それ以上はやめとこう？　な？」

「むふふ、それでいいのれふぅ」

伊織が再び満足げな顔となって、春輝はホッと息を吐《は》く。

「あむっ……むぐむぐ……確かにこれ、美味《おい》しいれふねぇ！」

だが油断した隙《すき》に、伊織が口の中にチョコレートを放り込んでしまった。

「さぁ春輝ひゃん！　夜はまだまだ長いでふよぉ！」

その台詞《せりふ》に、春輝は長丁場を覚悟《かくご》した……が、しかし。

「……くぅ」

つい今しがたまでテンションマックスだったかに見えた伊織が、コテンと椅子《いす》にもたれかかったかと思えば寝息《ねいき》を立て始めた。しばらく待っても、起きそうな気配はない。

それ自体は、朗報なのだが。

「……この子が成人しても、酒の場では絶対同席しないようにしよう」

春輝は、心に固く誓《ちか》った。

「春輝ひゃぁん……」

そのタイミングで呼びかけられ、起こしてしまったかとギクリと顔が強張《こわば》る。

「にへへへぇ……」

しかし伊織は目を閉じたまま、幸せそうに笑うだけだった。

起きたわけではないことに、ホッとし……それから、ふと思う。

「こうして見ると、やっぱ子供だよなぁ……」

その緩《ゆる》んだ顔は、いつもよりずっと彼女の印象を幼く見せていた。

「君も、俺に甘えてくれていいんだぞ？」

露華にも言った言葉を、その寝顔に送る。

「……今度、起きてる時にもちゃんと伝えないとな」

とはいえ、面と向かって伝えるのは気恥《きは》ずかしいところではある。今日露華に言ったのだって、春輝なりにタイミングを図《はか》り意を決してのことだったのだ。

「そのうち、な」

結局、独り言ですら日和《ひよ》ってしまう。

「とりあえず、部屋まで運ぶか……」

そして、思考を切り替《か》えた。流石《さすが》にこのまま寝かせておくわけにもいくまいと、伊織を背負って立ち上がる……と、ふにょんとした感触《かんしょく》が背中に伝わってきて。

（この感触……!?　もしかして、付けてないのか……!?）

その柔《やわ》らかくも弾力《だんりよく》のある物体に、一気に意識が持っていかれた。

（い、いや、余計なことを考えるな……！　まだ子供だって、改めて実感したばっかだろ……！　今の俺は、この子を運搬《うんぱん》するだけの機械……！　そう、機械になるんだ……！）

とても子供とは思えないサイズを背中に感じながら、煩悩《ぼんのう》と戦う春輝であった。

◆　◆　◆

そして、翌朝。

「おはようございます、春輝さんっ！」

キッチンに顔を出すと、伊織が笑顔で迎《むか》えてくれた。その可憐《かれん》な笑みはいつもと全く変わらないもので、昨晩のことがまるで幻《まぼろし》だったかのようだ。

「あぁ。おはよう、伊織」

とはいえ幻でないことは他《ほか》ならぬ春輝が一番実感しているため、そう挨拶《あいさつ》を返す。

「…………………ふぇっ⁉」

すると、しばらくフリーズした後に伊織が驚《おどろ》きの声を上げた。

「あ、あのあのあのあの、春輝さん、今、私のことを、何と……⁉」

あわあわと動揺《どうよう》を見せる彼女に、春輝は状況《じようきよう》を察する。

(記憶《きおく》が飛ぶタイプか……)

どうやら今の彼女の脳内には、本当に昨晩の一件は存在していないようだ。

「あー……その、あれだ。ずっと、君だけ『小桜さん』って呼んでただろ？　でも、それじゃちょっと他人行儀《たにんぎょうぎ》かなって思ってさ。呼び方を変えてみることにしたんだ」

封《ふう》じられた記憶を呼び起こすこともあるまいと、今思いついたことのように話す。

「嫌《いや》なら、これまで通り……」

「いえ全然嫌ではないのでそれでお願いします是非《ぜひ》とも！」

だいぶ被《かぶ》せ気味に、伊織は早口で言い切った。

「そっか。じゃあ今後は名前で呼ぶことにするよ、伊織ちゃん」

「……あれ？」

笑顔で返すと、伊織はどこか拍子抜《ひょうしぬ》けしたような表情となる。

「なんだか、さっきと少し違うような……？」

「いや、気のせいだよ伊織ちゃん。一ミリの違いもなく一緒《いっしょ》だよ伊織ちゃん」

実は呼び捨ては結構恥ずかしかったので、これで押し切ることにした春輝であった。

「そ、そうですか……」

笑顔を微塵も崩《くず》さないままの春輝に、伊織も受け入れてくれたようである。

「ふふっ。でも、呼び方が違うだけでなんだか新鮮《しんせん》ですね」

それから、嬉《うれ》しそうに笑った。

「おはよー、お姉……」

とそこで、あくび混じりの露華がキッチンに入ってくる。

「あぁ、春輝クンも……っ⁉」

春輝の顔を見た瞬間《しゅんかん》、寝《ね》ぼけ眼《まなこ》だった露華の目がカッと見開かれた。

「は、春輝キュンも、おは、おはにゃ、その、おは的なアレ……」

もにょもにょと呟《つぶや》きながら、真っ赤に染まった顔を逸《そ》らす。

伊織とは対照的に、どうやら露華は昨晩のことを引きずりまくっているらしい。

「うふふ、露華ったら。あんまり春輝さんのことを避《さ》けるような真似《まね》しちゃだめよ？」

昨晩とは打って変わって、聖母のような笑みで伊織が露華を窘《たしな》めた。

「べ、別に避けてにゃーし！」

それに対して、露華が赤い顔のままでにゃーと吠《ほ》える。

「……何、この空気」

そこに現れた白亜が、入ってくるなりいつかと同じ言葉を口にした。

春輝としても、全くの同感であった。

第3章　弁当と仕事削減《さくげん》と疑う目と大人の女性と

『いただきます』

そんな食前の挨拶にもすっかり慣れ、春輝《はるき》も小桜姉妹《こざくらしまい》と一緒に唱和。

「春輝さん、ご飯大盛りにしてありますので」

「あぁ、ありがとう」

笑顔の伊織《いおり》が差し出してくる茶碗《ちゃわん》を受け取る。

「おっ、今日はしらすおろしか。白亜《はくあ》ちゃん、結構こういう渋《しぶ》めのやつ好きだったよな？　よし、半分あげよう。カルシウムたっぷりだから、身長も伸びるぞ～」

「身長については余計なお世話……でもありがとう、ハル兄」

前半はジト目と共に、後半は緩んだ笑みで、白亜が春輝の皿からしらすと大根をあえたものを半分取っていった。出会った頃《ころ》に比べれば、随分《ずいぶん》と砕《くだ》けた表情だ。

「え～、白亜ばっかりずる～い。ウチには無いのぉ？」

唇《くちびる》を尖《とが》らせ、「プリーズプリーズ」と春輝に手を差し出す露華《ろか》。数日も経《た》てば風呂場《ふろば》でやらかした時の気まずさも流石に霧散《むさん》し、彼女の態度も以前と変わらぬものに戻《もど》っていた。

「別に何かしらあげてもいいけど……露華ちゃん、ダイエット中なんじゃないのか？」

「……春輝クン、女の子の体重把握《はあく》する能力とか持ってるの？　それは流石に引くわー」

「いや、普通《ふつう》にこないだから食べる量減らしてるのはわかるだろ」

「なるほどね。まぁでも、アレよ？　決して、太ったとかじゃないからね？　これは、ほら、そう、お姉との差別化をより明確にするためだから。ウチ、スレンダー担当じゃん？　いやー、キャラ維持《いじ》するのも大変だわー。でもキャラのためだからなー」

春輝としては何気なく言っただけなのだが、露華から伝わる動揺の気配が半端《はんぱ》ない。

「露華？　それってもしかして、私がふくよか担当だって言ってるのかな？」

ゴゴゴゴ……と、笑顔の伊織から威圧感《いあっかん》が放たれた。

「いや、まぁ、ははっ」

「せめて否定してくれる!?」

愛想笑いを浮《う》かべる露華に、伊織が吠える。

（毎日の飯がこんな賑《にぎ》やかになるだなんて、ついこないだまで思ってもみなかったな）

ワイワイと騒《さわ》がしい光景に、ふと春輝はそんなことを思った。

「……ハル兄、どうかした？　なんか遠い目してる」

「あぁ、いや。毎日の飯がこんな賑やかになるだなんて、ついこないだまで思ってもみなかったなぁ……とか、考えてさ」

特に隠《かく》すことでもなかったので、思っていたことをそのまま口にする。

「そういえば春輝さん、以前は朝食ってどうされてたんですか？」

通常モードに戻った伊織が、ふとした調子で視線を向けてきた。

「ん？　大体市販《しはん》の携帯食《けいたいしょく》だったな。ブロックタイプのやつとか、ゼリーのやつとか。ネットで箱買いして、会社でメールチェックしながら食べてた。手軽でいいんだ」

「そればっかだと、飽《あ》きない……？」

露華が眉根《まゆね》を寄せる。

「結構色んな種類の味があるからさ、ちゃんとバランス良く食べてたよ」

「ハル兄、そういうのはバランス良くとは言わない……」

春輝としては割と自信を持っての回答だったのだが、白亜は引き気味の様子であった。

「……春輝さん」

なぜか表情を改める伊織。声も若干《じゃっかん》低くなっており、どことなく『圧』を感じる。

「今、昼ご飯はどうされてるんでしたっけ……？　思い返してみれば、昼休みもずっと仕事をされてるような気がしてきたんですけど……」

「昼も、大体携帯食だな。仕事しながら食べられるし」

「今日は晩ご飯はいらないって連絡《れんらく》いただく日もありますが、その時の晩ご飯は？」

「じ、時間があればカップ麺《めん》、なければここも携帯食、マジでヤバい時は抜《ぬ》くことも多いかな……忙《いそが》しいと、腹が減るって感覚も薄《うす》れるし……そこまでいくと、なんかもう食べるの自体めんどくなってくるし……」

「そう……ですか……」

若干ビクビクしつつ答えると、伊織は静かに言って俯《うつむ》いた。表情が見えず、少し怖《こわ》い。

「……お弁当箱！　お弁当箱はありますか⁉」

かと思えば、勢いよく顔を上げてそんなことを大声で尋《たず》ねてきた。

「学生時代に使ってたやつが、たぶんまだ戸棚《とだな》のどっかにあると思うけど……」

「今すぐ探し出しましょう！　今日はもう冷蔵庫に残ってるものを適当にぶっ込むしかないですけど、明日からはちゃんと作りますので！」

「いや、そこまでしてもらうのは悪いし……」

「いえ、実は私もそろそろお弁当を持参しようと思っていたのでちょうどいいです！　一人分作るのも二人分作るのも手間は大して変わりませんので！」

ズイッと身を乗り出す伊織の中で、弁当を作ることはもう決定事項《じこう》のようだ。

「一緒に働いていながら春輝さんの食生活がそんなことになっていると気付かなかったと

は、この小桜伊織一生の不覚です……！」

「そんな、大袈裟《おおげさ》な……」

「大袈裟じゃありません！」

バン！　と伊織がテーブルを叩《たた》いたので、春輝はちょっとビクッとなった。

「健康は食から！　食生活が無茶苦茶だと、そのうち体調も崩しちゃいます！」

普段遠慮《えんりょ》がちな彼女が、春輝に対してここまで強い口調で言うのは非常に珍《めずら》しい。

「今後春輝さんには、基本的に三食私が作ったものを食べていただきます！　夜も極力、家で食べてください！　遅《おそ》くなっても構いませんので！　いいですね!?」

「しょ、承知……」

勢いに押され、春輝は頷《うなず》くことしか出来なかった。

「春輝クンさー、食べるものっていうのは重要だよ？」

「イオ姉の言う通りにすべき」

露華と白亜も、真剣《しんけん》な表情でそう言ってくる。

「……わかったよ。じゃあ、伊織ちゃん。手間をかけて悪いけど、弁当も頼《たの》む」

「はいっ！　お任せくださいっ！」

外堀《そとぼり》も埋《う》まったところで了承《りょうしょう》を返すと、伊織はようやく笑顔《えがお》となって頷いた。

◆　◆　◆

そうして、伊織に弁当を持たされて出社した春輝。

昼休みになったので、お弁当を持ってオフィスの休憩《きゅうけい》コーナーに移動する。

「人見《ひとみ》が弁当だと……!?」

「最近妙《みょう》に早く帰る日があると思ったら、まさか……女か……？」

「なんかワイシャツも前よりパリッとするようになったしな……」

「そんなことより、どっちが作ったやつだ？　小桜さんか？　桃井《ももい》さんか？」

それだけで、オフィス内が割とザワついた。

（なんでその二人の名前が挙がるんだ……？　まぁ、実際当たってるんだけど……）

内心でそんなことを思いつつも、表面上は無表情を取り繕《つくろ》って弁当箱を開ける。

「……先輩《せんぱい》、お弁当ですか」

そこに、硬《かた》い表情の貫奈《かんな》が話しかけてきた。

「行ったぁ……！」

「てことは、桃井じゃないのか……」

「頑張《がんば》れ、俺は桃井派だぞ……！」

周囲のざわつきが加速する。

「どなたに作ってもらったんですか？」

が、春輝にとっての問題は外野のザワつきよりも貫奈の質問である。

「自分で作ったんだよ」

「へぇ……先輩、そんなにお料理出来ましたっけ？」

しれっと答えてみるも、貫奈に信じた様子は微塵《みじん》もない。

「これで一人暮らしも長いんだ、多少は出来るさ」

とはいえ、春輝はこの設定で押し通すつもりであった。

「多少と言うには、随分と綺麗《きれい》ですね？　栄養のバランスも考えられているようで」

「研鑽《けんさん》の結果、ってやつだな」

「ほぅ、自他共に認める面倒《めんど》くさがり屋である先輩が？」

貫奈の追及《ついきゅう》が続く中……ふと、考える。

（もしオタク趣味《しゅみ》をオープンにしてたら、アニメに影響《えいきょう》されて……とか、こういう時に言い訳しやすかったのかな。まぁ、今どんなアニメやってるのか把握出来てないけど……）

以前の春輝であれば、たとえ仮定の話であっても自分のオタク趣味をバラすことなど想定すらしなかっただろう。白亜を筆頭に、小桜姉妹の反応が予想外に好意的だったことが影響しているのかもしれない。

「健康は食から。食生活が無茶苦茶だと、そのうち体調も崩《くず》しちゃうからな」

横道に逸《そ》れかけた思考を現実に戻して、今朝の伊織の言葉をそのまま流用する。

見え見えの嘘《うそ》の連続ではあった。付き合いの長い貫奈ならば、それも十分に伝わっていることだろう。だが、現段階では嘘と断じることも出来まいと踏《ふ》んでのことであった。

「……そうですか」

果たして、貫奈は不本意そうながらも頷く。

「そ、その、お弁当が必要なら、私が作って差し上げても構いませんが？」

かと思えば、そんなことを言ってきた。

「攻《せ》めたぁぁぁぁぁぁぁ……！」

「割とヘタレな桃井さんにしては思い切ったな……！」

「さて、どう出る人見……！」

外野が何やらうるさい。

「いや、いいよ。自分で出来るし」

毎食伊織の作ったものを食べると、今朝約束したばかりではある。だが結果的に栄養バランスが整うのなら、貫奈が作ったものでも彼女は納得《なっとく》してくれるのでは？　……と、ちよっと思ったが。なんとなくそれは良くないような気がして、結局断ることにした。春輝にしては賢明《けんめい》な判断であったと言えよう。

「断ったぁぁぁぁぁ……！」

「人見のフラグをへし折る時の豪腕《ごうわん》っぷりよな……」

「桃井さん、若干涙目《なみだめ》になってない……？」

やはり外野が少しうるさい。

「そ、そうですか。すみません、差し出がましいことを言いました」

「や、気遣《きづか》いはありがとな」

春輝が礼を言うと、貫奈は少しだけはにかんだ。

それから、軽く一礼して踵《きびす》を返す。

「……あら？」

かと思えば、少し歩いたところで足を止めた。

その視線の先には、春輝から離《はな》れたところに座ってお弁当箱を広げている伊織の姿が。

「小桜さん……そのお弁当、先輩のものとおかずが同じね？」

「へっ⁉」

伊織と同時に、春輝も「げっ」と声を出しそうになる。

「へ、へへへへ、へー、そうなんですかー。偶《ぐう》じぇ、偶然《ぐうぜん》ってあるんですねー」

吃《ども》っていたし、嚙《か》んでいたし、棒読みだったし視線は泳ぎまくっていた。

(頼むぞ伊織ちゃん、上手《うま》く誤魔化《ごまか》してくれ……！)

伊織の態度は怪《あや》しさ百点満点と言えたが、ここで下手にフォローに入ると余計怪しい感じになること請《う》け合いなので春輝としては祈《いの》るしかない。

「卵焼きの巻き方も、酷似《こくじ》しているように見えるし」

「あー、なんですかね！　アレですかね！　世の中には自分の顔に似た人が三人はいると言いますし、卵焼きの焼き方が酷似している人もきっと三人くらいはいるんでしょう！」

「そんな話、聞いたことないけれど……」

「でも、そうとしか考えられませんよね！　まさか私と春、人見さんが一緒《いっしょ》に住んでいて、今朝からお弁当を作ることにしたけど慌《あわ》ててたこともあってカモフラージュのためにおかずの内容を変えるという発想に至れなかった、なんてことあるわけないですし！」

(おぉい！　自分で全部答え言っちゃったよ!?)

グルグルと目を回しながら事実を暴露《ばくろ》する伊織に、春輝は頭を抱《かか》えたくなった。

「……まぁ確かに、そんな可能性を考えるよりは偶然と考えた方が納得感はあるか」

しかし、信憑性《しんぴょうせい》が無いと判断してか貫奈は納得してくれた様子だ。

「……ふぅ」

春輝は、周囲に気づかれないよう密《ひそ》かに安堵《あんど》の息を吐《つ》いた。

（なんか最近、心臓に悪いことが多いな……）

これまた密かに、苦笑《くしょう》を浮《う》かべる春輝であった。

◆　◆　◆

小桜姉妹《しまい》との同居を始めて、色んな意味で心臓に悪い出来事が増えたのは事実。

けれど同時に、人間らしい生活を取り戻《もど》してきたのもまた事実であった。

食生活が整ったり、家の清潔さが保たれたり、ワイシャツの皺《しわ》がなくなったり……といった面もさることながら、最近では残業や休日出勤も減っている。というのも、以前に比べて春輝の業務量が明らかに減ったのだ。春輝自身に『残業抑制《よくせい》』という観念が生まれたから、というのも理由の一つではあるが……例えばそれは、春輝がお弁当を持参するようになって数日が経過した日の午前中のこと。

「人見、明日業者が来るんだけど……って、そうかその時間はメンテか。じゃあいいや」

「人見ちゃん、この資料……って、今週はもういっぱいそうだね。こっちでやっとくわ」

「人見さぁん。お客さんから電話あったんでこないだもらった資料送っときましたぁ」

といった風に、周囲が仕事を分散させてくれているのが大きかった。なんとなく春輝が早く帰りたがっているのを察してくれた結果でもあるのだろうが、それだけではない。

「先輩、いいですねこの業務改善」

貫奈がそう言いながら見ているのは、春輝の机に置いてあるスケジュールボードだ。春輝自身の一週間の予定が、そこにビッシリと書き込まれている。チームメンバーは、それを見れば春輝の手持ちのタスクを概《おおむ》ね把握《はあく》出来るというわけだ。

「アイデア自体は単純ですが、効果的です。前々からやっておけば良かったですね」

「かもな……まぁ、とはいえ俺にはなかった発想だし」

「んんっ？　ということは、先輩自身が考えたわけではないので？」

「あぁ、小桜さんが考案してくれたんだ」

首を捻《ひね》る貫奈を前に、春輝は数日前の会話を思い出していた。

「おかえりなさい、春輝さん。今日は遅かったですね」

「あぁ、ちょっと仕事が立て込んでさ」

「あの……また差し出がましいことを言うようですが、春輝さんはちょっと気軽に作業を引き受けすぎなのではないでしょうか？　周りの皆《みな》さんもそれに慣れてしまっているので、春輝さんに負荷《ふか》が集中してしまっていると思うんですけど」

「そうは言ってもなぁ……なんつーか、断るのもめんどいし……」

「……では、向こうの方から察してもらうというのはどうでしょう？　皆さんも別に春輝さんを忙《いそが》しくさせたくて作業を依頼《いらい》しているわけではないでしょうし、例えば——」


といった流れで、スケジュールボードを置くことを提案されたのである。当初大した効果は見込めないだろうと思ってた春輝だが、これが意外な程《ほど》に状況《じょうきょう》を改善させた。

「はぁ、そうでしたか」

貫奈の表情が、一瞬《いっしゅん》硬くなった気がする……が、すぐにそれも元に戻った。

「まぁ我々も、先輩にばかり作業が集中するのは心苦しく思ってましたからね」

「そう……なのか？」

思ってもみなかった言葉に、今度は春輝が首を捻る。

「ただ先輩、頼《たの》んだら何でも受けてくださるので。一人一人が頼む量はそこまでじゃないのもあって、まぁいっかなって気持ちになってたんだと思います。それが可視化されたことで、改めてこいつの作業量やべぇなってわかって遠慮《えんりょ》されるようになったのかと」

「なるほどな……」

あまり自覚はなかったが、現状を鑑《かんが》みるとそういうことなのだろうと春輝も納得した。

現に仕事を依頼されることは激減し、逆に作業を引き取るという声まで掛《か》けられるように
なったのだから。そして実際、既《すで》にいくつかの作業は引き渡《わた》し済みだ。最初に引き継《つ》ぎ資
料の作成や説明で少し手間は掛かったが、今ではかなり作業の総量が減っていた。

「……時に、先輩」

貫奈の口調から柔《やわ》らかさが消滅《しょうめつ》し、同時にその眼鏡がキランと光る。

「どういった流れで、小桜さんとそんな話をされたので？　社内では、あまり雑談を交《か》わ
しているところも見ませんが……もしかして、社外で会っているとか？」

「え!?　いや、そうだな、外で、たまたま会った時にそんな話をしたんだよなー！」

答えながらも、春輝は自身の顔が強張《こわば》っているのを自覚した。

（変に勘《かん》ぐられないよう、会社じゃ最低限の会話しかしないようにしてたけど……まさか
こんなところで裏目に出るとはな……！）

極力表情を取り繕《つくろ》いつつも、内心では結構焦《あせ》っている春輝である。

「そうだぞ人見ー、最近なんか怪しいぞー？」

「日に日に小桜さんとの距離感《きょりかん》が近づいてるって感じですよねー」

「新たなフラグ構築中？　的な？」

と、同期や後輩たちがワイワイと会話に加わってきた。

「な、なんだよお前ら……俺に話しかけてくるとか珍《めずら》しいな……」

話題を誤魔化すための言葉でもあったが、思わず口をついて出た本心でもある。

「いやだって、前までのお前って話しかけるなオーラ出てたじゃん？」

「傍目《はため》にも忙しそうなことだけは伝わってましたしね」

「表情もなんか最近は柔くなった？　ってな感じ？」

「そう……かな？」

口々に出てくるそんな意見に、春輝は自身の顔を撫《な》でる。

（まぁ実際、前より残業減って楽になったしな。あとは、やっぱ家に帰ると人がいるってのもデカいのかも。前は、仕事関連以外で一言も口きかない日もザラだったしな……）

そんな風に、生活を振《ふ》り返り。

（あの日……助けられたのは、実は俺の方なのかもな）

伊織たちを拾った夜のことを思い出しながら、何とは無しに伊織へと視線を向ける。

「……？」

首を捻りながらも、伊織は少し微笑《ほほえ》んで会釈《えしやく》を返してきた。

「はい出ました、意味深な視線の交換《こうかん》！」

「怪しさ大爆発《ばくはつ》中ですね！」

「もう目だけで通じ合ってる？　みたいな？」

「い、いや、話題に出たら普通《ふつう》に視線くらい向けるだろ！」

頬《ほお》を引き攣《つ》らせながら言い訳するも、周囲は『ほーん？』とニヤニヤ笑うのみ。

唯一《ゆいいつ》の例外は貫奈だが……その視線はなぜか非常に鋭《するど》く、むしろそれが一番春輝を居た堪《たま》れない気分にさせる。背中に嫌《いや》な感じの汗《あせ》が流れた。

「人見ぃ、お前に客だぞー！」

「は、はい！　承知です！」

とそこでオフィスの入り口から呼びかけられたため、これ幸いと立ち上がる。

『逃《に》げたな……』

「逃げましたね……」

同期たちと貫奈の声を置き去りに、春輝は足早に入り口の方へと向かった。

「……人見。お前、なんか変なことやらかしたりしてないよな……？」

「は……？　いえ、特に心当たりはないですけど」

「そうか、ならいいんだが……」

春輝を呼んだ先輩《せんぱい》社員の物言いを訝《いぶか》しみ……けれど、直後にその理由を察する。

「やっほー、春輝クン」

「ここが、イオ姉とハル兄が働いてる会社……」

そこにいたのが、制服姿の少女二人だったためだ。笑顔で春輝に向けて手を振る露華と、物珍しげにオフィス内をキョロキョロと見回す白亜である。

「ふ、二人共、なんでここに……!?」

春輝の頬が、先程を数倍する勢いで引き攣る。

「やー、今朝ちょっと寝坊《ねぼう》してバタバタしてたじゃん？　それでほら、これ」

「お弁当、忘れていった」

露華と白亜は、それぞれお弁当箱と思《おぼ》しき包みを手にしていた。

「そ、そうだったか。ありがとう。けど……」

春輝は、恐《おそ》る恐るオフィス内を振り返る。

多数の好奇《こうき》の目と、貫奈の鋭い視線が突《つ》き刺《さ》さってきた。

「……先輩。このお二人とはどのような関係で？」

同僚《どうりょう》を代表するように、貫奈が質問……否《いな》、詰問《きつもん》してくる。

「えー、こ、この子たちはだな……」

視線を泳がせながら、必死に春輝が考えを巡《めぐ》らせる中。

「ウチは、春輝クンの恋人《こいびと》でーす！」

「ちょ……⁉」

露華がニンマリとした笑みで春輝の腕《うで》に抱《だ》きついてきて、思わず春輝の身体《からだ》が固まる。

「こ、恋人……⁉」

同時に、貫奈の表情もピシリと固まった。

「修羅場《しゅらば》か……？」

「修羅場だ……」

「修羅場っとるなぁ……」

外野からヒソヒソとそんな声が聞こえてくる。

「は、はは……！　冗談《じょうだん》が過ぎるなぁ、小桜露華さんに小桜白亜さん……！」

乾《かわ》ききった笑みを浮かべながら、春輝は伊織にアイコンタクトを送った。

すると、同じく頬を引き攣らせていた伊織が大きく頷《うなず》く。

「そ、そうだよ二人共！　あ、皆さんご紹介《しょうかい》しますね！　私の妹の露華と白亜です！」

果たして今回こそ春輝の意図通り、伊織がフォローに入ってくれた。

「ほう……？　つまり先輩は、小桜さんと家族ぐるみの関係だと……？」

貫奈の視線に宿る温度が、氷点下にまで下がる。

「家族ぐるみというか、一緒《いっしょ》に住……むぐっ」

口を滑《すべ》らせそうになった白亜の口を、慌《あわ》てて伊織が押さえた。

「いえ、その、アレです！　一緒に、す……す……す……素敵《すてき》な時間を過ごしたので！」

「より深い関係に聞こえるのだけど⁉」

「間違《まちが》えました！」

伊織、安定のお目々グルグルモードである。

「はー……なるほど、そういう感じね」

とそこで、露華が小さく呟《つぶや》いた。

「いやー、ごめんなさい！　ちょっとからかっちゃいました！」

そして、ニパッと笑って頭を下げる。その笑みはよく見せるイタズラっぽいものではなく、年相応……あるいは、年齢《ねんれい》以上にあどけない感じのものであった。

「今朝お姉ちゃんと一緒に電車乗ってたら、春輝クンとたまたま一緒になって！　お姉ちゃんの職場の人だっていうから興味本位でちょっと話したんです！　ウチほら、こんな感じだからすぐに砕《くだ》けた感じになっちゃうんですよねー！　あははっ！」

演じるは、能天気なギャル……といったところだろうか。

「それで、別れた後で二人共お弁当箱忘れていったのに気付いて！　会社の場所は聞いてたんで、持ってきたんです！　ね、白亜！」

露華に水を向けられ、白亜はコクコクと頷いた。無言だったのは、未《いま》だ伊織によってその口を押さえられているためであろう。

「たまたま、二人同時に置き忘れた……ということですか……？　それに、お弁当箱を単独で電車に忘れるという状況もかなり不自然に思えますが……」

「いやぁ、ホントですね！　二人共、意外と抜《ぬ》けてるんですかね！」

疑わしげな貫奈の視線を、露華が笑顔で流した。

(無理筋気味ではあるけど、一応破綻《はたん》はしてない……せっかく露華ちゃんが作った流れだ、ここはこのまま押し通らせてもらうぞ……！)

心の中で、春輝は一つ頷く。

「そういうことなんだよ、桃井」

言いながら、意識して真剣《しんけん》な表情を形作った。

「に、俄《にわか》には信じがたいお話に思えます」

若干《じゃっかん》の動揺《どうよう》が伝わってくる貫奈の目を、ジッと見つめる。

「でも、事実なんだから仕方ない」

「そ、そうは言いますが……」

露骨《ろこつ》に泳ぎ始めた貫奈の視線を捕《つか》まえるように、ジィィィィッと見据《みす》える。

（くっ……！　意識するのは、シリアスなシーンでヒロインと向き合う主人公……！）

正直人と目を合わせるのがあまり得意でない春輝としては、うっかり気を抜くと自分の方から目を逸《そ》らしてしまいそうだったが……己《おのれ》を鼓舞《こぶ》しながら見つめ続けていると、貫奈の視線が一瞬春輝の方に向いたタイミングが訪《おとず》れて。

「信じてくれ、桃井」

その機を逃《のが》さず、真摯《しんし》な調子で言葉を送る。

「は、はははいぃっ！　そういうことなら仕方ないですね！　納得《なっとく》しました、はい！」

すると貫奈は真っ赤な顔でコクコクと頷きながら、早口に言い切った。

「そうか、ありがとう」

そこでようやく、春輝も表情を和《やわ》らげる。

（ふぅ……学生時代から、なぜか桃井はこうすると言うことをきいてくれるんだよな……やっぱり人間、目を見て話すのが重要ってことかな……）

そして、密《ひそ》かに安堵《あんど》の溜《た》め息《いき》を吐《つ》いた。

「で、出たぁ……！　人見の『見つめ合いマジお願い』……！」

「あれで、なんで上手《うま》くいったのかよくわからないって顔してるのが凄《すご》いですね……」

「まぁ、毎度あれで誤魔化《ごまか》される桃井さんのチョロさもどうかと思うけど……」

同僚たちの囁《ささや》き声が僅《わず》かに届くが、春輝には何を言っているのかイマイチわからない。

そんな中。

「春輝クン……」

「ハル兄……」

「おぐふっ」

ジト目の露華と頬を膨《ふく》らませた白亜が脇腹《わきばら》を小突《こづ》いてきたため、妙《みょう》な声が漏《も》れた。

「何をする……」

「春……人見さん」

抗議《こうぎ》しようとしたところで、呼ばれて振り返る。

そこにいるのは、笑顔の伊織……だが、妙な『圧』を放っているように見えて。

「な、なんかごめん……」

気付けば、反射的に春輝は謝っていた。

(俺が何をしたっていうんだ……)

内心で、ちょっと理不尽《りふじん》に思いながら。

◆　◆　◆

その日の夜、春輝がリビングに顔を出すと。

「いやぁはっはぁ、今日のあの流れは正直予想外だったよねー」

「迷惑《めいわく》かけて、ごめんなさい」

軽い調子で笑う露華と共に、白亜がペコリと頭を下げて謝罪してきた。

「まぁ、結局誤魔化せたんでいいけど……弁当持ってきてくれたのはありがたかったし」

春輝も、苦笑《くしょう》気味にそれを受け入れる。

「お姉が上手く誤魔化すと思ったんだけどねぇ。まさかあんなテンパるとはさぁ」

「あの子は、普段から割とあんなだけどな……」

「そなの？　へぇ、お姉って会社じゃそんななんだ」

「むしろ家じゃ違うのか？」

「まぁ確かに、春輝クン関連では家でもちょいちょいあんな感じにはなってるけどさ。基本はしっかりしてるって、春輝クンも知ってるっしょ」

「そういえば、そう……か？」

同居を始めてからの日々を思い出しながら、春輝は首を傾《かし》げた。テンパる姿が印象強く残りすぎていたが、そういえば家では割とまともなことが多いような気がしてくる。もっともそれを言えば、会社でも大部分の時間はまともではあるのだが。

「お姉は、ウチらの前じゃ『お姉』になっちゃうからねぇ」

と、露華は苦笑を浮《う》かべた。

「ある意味、会社ってお姉にとってありのままの自分でいられるとこなのかも」

それを、いつものイタズラっぽいものに変える。

「春輝クンもいるし、ね？」

「俺は関係ないだろ……」

意味がわからずそう答えると、今度は露華の表情が呆《あき》れ気味のものとなった。

「春輝クンさ、鈍《にぶ》いって言われない？」

「不本意ながら、言われることは多いな。自分ではむしろ鋭《するど》い方だと思うんだけど……レビューでの指摘《してき》とかエラー解決とか、チーム内じゃ俺が一番多いしさ」

「ここでそんなこと言っちゃうとこが、まさに鈍さを端的《たんてき》に表してんだよねぇ……」

再び露華の顔に浮かぶ苦笑。

「つーかこれ、何の話？」

「さて、何の話だろね？　そこも含《ふく》めて、宿題ってことで。女心の、ね」

挑発《ちょうはつ》的な露華の笑《え》みに、春輝の疑問はますます深まった。

「ほんじゃウチ、先お風呂《ふろ》に入ってきまー」

答えを言うつもりもないらしく、露華はひらひらと手を振《ふ》って去っていく。

「春輝クン、覗《のぞ》いちゃダメだよ？」

かと思えば、振り返ってニマッと笑った。

「覗いたことなんてないだろ、覗かれたことはあっても……」

「あ、ははっ！　覗いたとは失礼な！　大事なとこは見えなかったからセーフっしょ！」

春輝の返しに、少し露華の顔が赤くなる。例の件は未だに多少引きずっているらしい。

「まったく、とんだ濡《ぬ》れ衣《ぎぬ》だよ春輝クン」

「びっちょびちょの濡れ衣を着せられたのはこっちの方なんだが」

「やだ、春輝クン……びちょびちょとか、いやらしい……」

「おっ、日本語が通じないタイプの女子高生かな？」

「通じ……通じ……お通じ？　やだ、いやらしい……」

「ちょっと今日はネタのキレが悪すぎないか？」

「もう、春輝クンが例の話を蒸《む》し返すからっしょ……！」

結局赤い顔のまま、露華は逃《に》げるようにリビングを出ていく。

「自分から振ってきておいて……」

その背を見送って、春輝は半笑いを浮かべた。

「……実際、ハル兄は女心をもっと学ぶべき」

と、黙《だま》って二人のやり取りを見ていた白亜がポツリと呟く。

「確かに今のはロカ姉の自爆《じばく》だけど、ハル兄も古傷を抉《えぐ》るような真似《まね》は感心しない」

「う……すみません……」

ド正論に対して、春輝としては謝罪するしかなかった。

「……よろしい。大人の女性であるこのわたしが、ハル兄に女心の何たるかを教える」

得意げな表情で、白亜がその薄《うす》い胸を張る。

「お願いします、先生」

若干冗談《じょうだん》めかしてではあるが、春輝も素直に頭を下げた。

「それじゃハル兄、まずはそこのソファに座る」

「はい」

ここも素直に指示に従い、ソファへと腰《こし》を下ろす。

「もう少し足を広げて……そう。そこに、こう」

すると、春輝の足の間に白亜が座ってきた。

「これが、女性と接する際の基本姿勢」

ムフー、と白亜は満足げな表情である。

「お、おぅ……」

流石《さすが》の春輝も、これが間違《まちが》っていることだけはわかった。

(というかこれは、むしろ子供との接し方では……？)

実際、体格差的に傍《はた》から見れば親子でも通じそうな感じだ。

「そしてハル兄は、わたしの頭を撫《な》でる」

「お、おぅ……」

とりあえず言われた通り、眼下に見える小さな頭を撫でてみる。

ムフー。白亜の鼻息はやはり満足げであった。

「それから、ギュッとしたりもする」

「お、おぅ……」

今度は、後ろから白亜の肩《かた》の辺りに手を回す。伊織や露華相手ではとても平静ではいられなかったろうが、女性らしいとはちょっと言い難《がた》い白亜の身体《からだ》であれば抵抗《ていこう》なく抱《だ》きしめることが出来た。なんだったら、今腕《うで》の中にいるのは自分の娘《むすめ》なのでは……？　という謎《なぞ》の錯覚《さっかく》さえも生まれ始めている。

ムフン。白亜の鼻息の種類が少し変わった。より満足度が高そうだ。

「時には、このままわたしの方に体重をかけてきたりもする」

「お、おぅ……」

ぐぐっと、少しずつ前のめりになって体重を乗せていく。

「……ふふっ。ハル兄、重い～」

「あぁ、悪い」

白亜の言葉に身体を戻《もど》そうとすると、頰《ほお》を膨らませた白亜が振り返ってきた。

「むぅ。ハル兄、やっぱり女心がわかっていない。今のは、もっとやれのサイン。口で言ったことが真実とは限らないのが大人の女性というもの」

「お、おぅ……？」

確かにこれについては、女心っぽいような気がした。

「というわけで、もっとやるべき」

「お、おぅ……」

再び、体重を白亜の背に預けていく。本当に苦しくならないよう、注意は払《はら》いながら。

「……ハル兄」

今度は、鼻息の音は聞こえてこなかった。

「暖かいね」

　代わりに……なのかはわからないが、白亜が笑う気配が伝わってくる。

「白亜ー？　今日のお掃除《そうじ》当番あなたでしょ？　早く……って」

と、そこでリビングに顔を出した伊織がパチクリと目を瞬《またた》かせた。彼女からすればなぜか二人羽織のような格好をしている春輝と白亜の姿が突然《とつぜん》視界に入ってきたのだろうし、その反応もさもありなんといったところであろう。

「またそんな、春輝さんに甘えて……」

それから、伊織は少し困ったように笑った。

「違う、これは女心のレクチャー。決してわたしがハル兄に甘えているわけではない」

白亜が抗議するが、春輝に半ば埋《うず》まるような体勢では説得力は薄いと言えよう。

「わかったから、早くお掃除済ませちゃいなさい」

「……承知」

不承不承といった様子ながら、白亜が頷《うなず》く。

「……ハル兄」

それから、どこか名残惜《なごりお》しそうな目で春輝を見上げてきた。

「また、こんな風にしてもいい？」

「あぁ、勿論《もちろん》。俺も、女心をもっと学びたいしな」

冗談めかしながらも春輝が頷くと、白亜の顔にパッと笑顔が咲《さ》いた。

「うんっ！」

大きく頷いて、立ち上がる。

「それじゃ、お掃除してくる」

リビングを出ていくその足取りも、どこか楽しげであった。

「すみません春輝さん、白亜に付き合わせちゃって」

「ははっ、いいって」

申し訳なさそうな顔の伊織に、春輝は笑って手を振る。

そんな春輝を前に、伊織はどこか迷ったような素振りを見せて。

「……あの子、たぶん親の暖かさみたいなのに飢《う》えてると思うんです」

再び開いた口から出てきたのは、そんな言葉だった。

「私たちの母親は、白亜が小さい頃《ころ》に亡《な》くなったので」

「……そうだったのか」

初めて聞く彼女たちの家庭の話に、春輝は姿勢を正す。

「父親共々、元々忙《いそが》しくしていた人だったんですけど……不規則な生活から体調を崩《くず》して、結局そのまま。人間、最期《さいご》はあっけないものですね」

どこか他人事《ひとごと》のように語る伊織の話を聞きながら、春輝はお弁当を持たされることになった日のことを思い出していた。伊織だけでなく白亜や露華も真剣《しんけん》な表情だったのは、春輝に母の姿を重ねてのことだったのかもしれない。

「私と露華はまだ、両親に甘えられた時期もあったんですけど……母が亡くなってからは、父もますます忙しくなっちゃって。だけど白亜はいい子だから、それに対する不満も口にしなくて……私たちには、言ってくれなくて。早く自分も大人にならないと、なんて思ってるみたいなんですけど……だけど、春輝さんになら……」

先《さき》の白亜の態度にも、なんとなく合点がいった気がした。

「……すみません。こんな話聞いても、困っちゃいますよね」

言いかけていた言葉を途中《とちゅう》で止め、「あはは」と伊織は苦笑《くしょう》を浮かべる。

「別に私は、春輝さんに何かしてほしいとか言いたいわけじゃなくて……」

「伊織ちゃん」

伊織の言葉を遮《さえぎ》って、春輝はソファに座ったまま大きく足を開いた。

「ちょっとここ、座ってみ？」

そして、トントンと自分の足の間を指す。

「え……？　ええっ!?」

一瞬《いっしゅん》キョトンした表情を浮《う》かべた後、伊織の顔が驚愕《きょうがく》に染まった。

「いえ、その、春輝さん、それは、えと、というか、なぜ……？」

「いいからいいから」

説明することもなく、手招きする春輝。

「は、春輝さんがそうおっしゃるのでしたら……」

伊織がおずおずと歩み寄ってくる。

「し、失礼します……」

そして、遠慮《えんりょ》がちに春輝の前に腰を下ろした。

（くっ、流石に白亜ちゃんとはだいぶ違《ちが》うな……！）

柔《やわ》らかく女性的な体つきに一瞬動揺《どうよう》するも、理性を総動員してそれを押さえつける。

「ちょっと、じっとしててな」

そう断ってから、片手でそっと触《ふ》れる程度に伊織の肩の辺りを掻《か》き抱《いだ》いた。

もう片方の手で、頭を撫でる。

ピクリと、少しだけ伊織の身体が震《ふる》えた。

「あの、これは……？」

伊織がおずおずと尋《たず》ねてくる。

「白亜ちゃんに聞いたんだ。これが、女性に対する基本姿勢なんだとさ」

「それは……」

春輝の冗句に、一瞬何か言いかけて。

「……白亜も、もうちゃんと女心がわかる年頃なんですね」

ふっと、その身体から力が抜《ぬ》けた。

（白亜ちゃんが親の暖かさに飢えてる、ってのは確かなんだろうけど……それを言うなら、君もだろ？　たまには、誰《だれ》かに甘えたい時だってあるんじゃないか？）

それは春輝の勝手な考えではあったが、大きくは外れていないように思う。

二人共、何も喋《しゃべ》らない。

ただ、春輝が伊織の頭を撫でる。

そんな穏《おだ》やかで、ゆったりとした時間が過ぎていった。

第4章　休日とコスプレと思い出と終わる日常と

かつては希少で、最近ではさほど珍《めずら》しくもなくなった春輝《はるき》の休日。

以前であればたまの休日も一日中寝《ね》て過ごすことが多かったが、今では普通《ふつう》に活動する余裕《よゆう》も出来てきた。今日も、朝からちゃんと起きており。

「あなたのキスが私の力に……！　キスミーホワイト……！」

白亜《はくあ》のコスプレ姿の初披露《ひろう》に立ち会っていた。現在の彼女は、『キスマホ』の主人公が変身した魔《ま》法《ほう》少女の衣装《いしょう》を身に着けている。多少照れも見られるがその立ち振《ふ》る舞《ま》いは堂々としたもので、慣れを感じさせた。

「おぉ、可愛《かわい》い可愛い。それに、よく似てるよ」

パチパチと手を叩《たた》きながら、春輝は本心からの言葉を送る。『キスマホ』の主人公は中学生という設定なので、年齢《ねんれい》的にもちょうどマッチしていた。

「世界の平和のために……キス、して？」

白亜がズイッと迫《せま》ってきて、上目《うわめ》遣《づか》いにキャラの台詞《せりふ》を口にする。

「うん、上手《うま》い上手い」

その再現具合に頷いていると、白亜はプクッと頬を膨《ふく》らませた。

「イオ姉やロカ姉相手だったら、もっと違う反応するくせに……」

「い、いや、そんなことはないけど？」

というか白亜相手にも若干《じゃっかん》ドキッとしてしまったのだが、それは口にしないでおく。

「来年には、わたしだってロカ姉くらいになってるし……」

不満げにブツブツ呟《つぶや》く白亜は、普段よりも更《さら》に子供っぽく見えた。

（白亜ちゃんが、ここから一年でこうなれるかっつーと微妙《びみょう》だよなぁ……）

これも口に出さず、そっと露華《ろか》の方に目を向ける。

「おっとぅ？　春輝クンからの熱ーい視線を感じるぞぅ？」

するとそれを敏感《びんかん》に察知したらしく、ニンマリと笑ってしなを作る露華。

「さては、ウチにもコスプレしてほしいって催促《さいそく》だねっ？　それも、とびっきりセクシーなやつを！　春輝クンの目がそう訴《うった》えてる！」

「いや。この衣装、露華ちゃんが作ったんだろ？　よく出来てるなって思ってさ。普通に売ってるやつと遜色《そんしょく》ないんじゃないか？」

誤魔化《ごまか》すための言葉ではあったが、これはこれで素直《すなお》な感想である。

「まさかの真顔でマジレス」

そして春輝のそんな反応に、スンと露華も真顔となった。

実のところ、露華のセクシーなコスプレ姿を見たくないのか？　と問われれば首を横に振らざるをえないのだが、これも勿論口にはしない。

「春輝クン、なんかさ。だんだん、ウチの扱《あつか》いが雑になっていってない？」

「なんか……露華ちゃんは、もういっかなって」

「つまり、ウチは春輝クンにとっての特別ってことだね！」

「意外とめげないってこともわかってきたしな」

グッと親指を立ててくる露華に、適当に頷いておく。

「春輝クン争奪《そうだつ》レースは、ウチが暫定《ざんてい》トップって感じ？」

パチンとウインク一つ、露華は春輝の手を取って身を寄せる。

「こーら露華。またそんな冗談言って、春輝さんを困らせないの」

それに対して、伊織《いおり》が指を立てて叱《しか》りつけるというお馴染《なじ》みの光景。

「……さーて、ホントに冗談だと思う？」

いつもであれば露華が表面上だけ反省の態度を見せて終わる場面なのだが、今回の露華はなぜか挑発《ちょうはつ》的な笑《え》みを伊織に向けた。

「ど、どういう意味……？」

戸惑《とまど》った様子で、伊織が尋ね返す。

「やー、敵は外だけにいるとは限らないっていうか？　油断してると、ウチが掻っ攫《さら》っていっちゃうこともあるかもよ？　ってね」

「私は別に、そんな、今のままで……」

「そういうスタンスでいると、『今』まで失っちゃうかもってこと」

「それは……」

話の内容はイマイチわからなかったが、何やら不穏《ふおん》な空気だけは伝わってきた。

「と、ところで皆《みんな》、時間は大丈夫《だいじょうぶ》なのか？　そろそろ出るって行ってなかったたっけ？」

ので、とりあえず話題を変えてみる。

「っとと、確かに」

「あ、ありがとうございます春輝さん」

すると、それぞれ腕時計《うでどけい》に目を落として二人は若干焦《あせ》り気味の表情となった。

今日の予定としては、三人それぞれが外出すると聞いているが。

「露華、白亜、ハンカチは持った？　ティッシュは？　お財布《さいふ》もちゃんと持ってるね？」

「はいはい、持ってるって」

「バッチリ」

「白亜、知らない人についていっちゃ駄目《だめ》だよ？　寄り道も程々《ほどほど》にね？　狭《せま》い路地とかは危ないから入っちゃ駄目だよ？　あと……」

「……イオ姉、なぜわたしにだけそれを言うのか」

こんな風に注意をしている辺り、三人で一緒《いっしょ》の場所に行くわけでもないらしい。

（ま、三人の行き先が違うのは今日に限ったことでもないみたいだけど。白亜ちゃんはコスプレしたまま出かけるみたいだし、イベントか何かに行くのかな……？）

活動可能な休日が増え、定時上がりも珍しくなくなったがゆえに春輝が最近気付いたこと。それは、小桜姉妹《こざくらしまい》の外出率の高さであった。プライベートなことだと思い行き先までは聞いていないが、ほとんど毎日のように出かけているようだ。帰ってくる時間も三人バラバラだが、今では春輝よりも遅《おそ》くなることもしばしばだった。

「だって、白亜はまだ小さいから……」

「失礼、わたしはもう小さくない」

と、伊織の細かな注意に白亜は露骨《ろこつ》な不満顔だ。

「確かに。中三って言ったらもうそこそこ大人なんだし、自分で色々考えられるよな」

「ハル兄……」

春輝がやんわり介入《かいにゅう》すると、白亜が少し驚《おどろ》いた目で見上げてくる。

「……そう。わたし、もうそこそこ大人」

春輝の言葉を噛《か》みしめるように、はにかみ……次いで、ドヤ顔で胸を張った。

どうやら大人扱いされたことが嬉《うれ》しかったらしく、その頰《ほお》は少し紅潮している。

「……そうですね。私も、ちょっと口うるさくしすぎたかも。ごめんね、白亜」

「構わない。わたしは大人だから、寛大《かんだい》な態度で許す」

引き続きしたり顔で、白亜が鷹揚《おうよう》に頷《うなず》いた。そんな姿に、伊織がクスリと微笑《ほほえ》む。

「てかお姉、そろそろマジで出なきゃな時間じゃん？」

そして、露華の言葉に再び焦った表情となった。

「すみません春輝さん、今日もお夕飯が遅くなってしまうと思いますが……」

「いや、それは全然構わないから。気にしないで、行ってらっしゃい」

眉《まゆ》をハの字にすると伊織へと、軽く手を振る。

「はい、では行ってきます……」

最後まで申し訳なさそうな顔で一礼する伊織を先頭に、三人は玄関《げんかん》を出ていった。

「……遊びに行ってる、って風でもないんだよなぁ。やけに疲《つか》れた顔で帰ってくるし」

ドアが閉まってから、独りごちる。

中でも、特にその傾向《けいこう》が強いのは伊織だ。帰ってくるのも一番遅いことが多いし、疲れを押し殺した感じの笑みを浮《う》かべて夕食の用意をする姿も気になっていた。

「……疲れてる、か」

自分の独り言と、それから。

――お姉は、ウチらの前じゃ『お姉』になっちゃうからねぇ
先日の露華の言葉からふと思いついたことがあって、春輝は踵《きびす》を返した。

◆　◆　◆

「ふぅ……ただいま帰りましたぁ」

重い身体《からだ》を引きずりながら、伊織は『自宅』の玄関を開けた。

(自宅……か)

そう思えている自分が嬉しく、同時にどこか面映《おもは》ゆくもある。

(とりあえず、お夕飯作らないと……春輝さんが、お腹《なか》すかせちゃう……)

とはいえ、今は疲《ひ》労《ろう》と使命感の方が先立っていた。春輝の残業で遅くなる場合などは仕方ないが、自分のせいで彼の夕食が遅《おく》れるというのは出来るだけ避《さ》けねばならない。

そう、思っていたのだが。

(……あれ？　なんか、良い匂《にお》いが……？)

お腹を刺激《しげき》する香《かお》りが鼻に届いてきて、伊織は首を傾《かし》げた。

（露華か白亜……は、まだちゃんとお料理出来ないよね……？　て、ことは……!?）

その可能性に思い至り、伊織は慌《あわ》てて靴《くつ》を脱《ぬ》いで足早にキッチンへと向かう。

「ん、おかえり伊織ちゃん」

すると、エプロン姿の春輝に出迎《でむか》えられた。

「ちょうど良かった、今出来たとこだから」

テーブルの上には、湯気を立てる炒飯《チャーハン》と中華《ちゅうか》スープが四人分用意されている。

「す、すみません！　春輝さんに作らせてしまうなんて……！」

「いやいや、気にしないで。俺も、久々にやったら結構楽しくて気分転換《てんかん》になったし。それよりほら、冷めないうちに食べちゃおう」

「は、はい……」

軽い調子で笑う春輝に促《うなが》され、席に着く。

「やー、ウチらが帰ってきた時にはもうほとんど出来上がっててさー」

「美味《おい》しそう……」

既《すで》に他の席には、苦笑《くしよう》気味の露華と目を輝《かがや》かせる白亜が座っていた。

「それじゃ、いただきます」

『いただきます』

いつもは伊織がするところを春輝が先導して手を合わせ、白亜と露華が続く。

「い、いただきます」

少し遅れて、伊織も手を合わせた。そして、恐縮《きょうしゅく》しながらも炒飯を口に入れる。

「ん！　美味しいです！」

すると思った以上に味が良く、思わず声を上げてしまった。正直、自分が作るものよりも数段上に思える。露華と白亜も、軽く目を見開いた後にどんどん箸《はし》を進めていた。

「春輝さん、お料理もお上手だったんですね……」

「いや、炒飯だけだよ。男の一人暮らしあるあるに、炒飯だけやたら極《きわ》めたがるってのがあってさ。俺も例に漏《も》れず、社会人なりたてで割と余裕《よゆう》があった時に研鑽《けんさん》してたんだ」

と、春輝は照れくさそうに笑う。

「そうなんですね……何にせよ、お手数をおかけして本当に申し訳ないです……」

「ほら、いつも作ってもらってるお返しみたいなもんだから」

「でもそれは、そもそも私たちが住まわせてもらってるお礼ですし……」

「まぁまぁ、俺の気まぐれさ。たまには付き合ってくれ」

「は、はい……」

そう言われてしまっては、伊織としては頷くしかなかった。

（気遣《きづか》われてるな……私、また……）

内心では、申し訳なさでいっぱいだったが。

「おかわりもあるから、どんどん食べてくれよ」

「ハル兄、おかわり……！」

「ウチもー」

モリモリ食べている妹たちを見ると、ここで遠慮《えんりょ》するのは逆に失礼かと思い始める。

ということで、伊織も豪快《ごうかい》に掻《か》っ込み。

「私も、おかわりお願いします！」

「ははっ、了解《りょうかい》。でも、慌てずにな」

皿を差し出すと春輝が嬉しそうに笑ってくれたので、これで良かったのだと思う。

と同時に、その優《やさ》しげな……『保護者』の顔に。

どこか締《し》め付けられるような気持ちも、感じるのであった。

◆　◆　◆

片付けまでやると言った春輝だが、流石《さすが》にそれはと三人が止めるので任せることにし。

先に風呂《ふろ》に入って、今はリビングで寛《くつろ》いでいた。

「お片付け、終わりましたぁ」

そこに伊織が顔を出して、律儀《りちぎ》に報告してくれる。

「春輝さん、今日は本当にありがとうございました」

「いいって、俺が勝手にやったことだから」

何度目になるかわからないお礼を受け、春輝は苦笑気味に手を振《ふ》った。

「あー……あとさ。実は、もう一個やりたいことがあるんだけど」

それから、言うか言うまいか迷っていたことを思い切って口にする。

「はい、何でしょう？」

不思議そうな顔となる伊織の前で、春輝は床《ゆか》に正座した。

「……ほい」

そして、両手を広げる。

伊織の目には、かつて春輝が見たのと同じような光景が映っていることだろう。

「えと……春輝さん、それはもしや……？」

「膝枕《ひざまくら》」

気恥《きは》ずかしくて、言葉少なに答える。

「今日は俺の中で、お返しの日なんだ。だからこれも、さ」

「いえ、でも……」

「俺だって、してもらうの恥ずかしかったんだぜ？　意趣返《いしゅがえ》ししてもいいだろ？」

「そ、そういうことなら……」

わざと伊織が断りづらい言い回しにすると、伊織は小さく頷いて近づいてきた。

「失礼しますね……」

おずおずと、春輝の膝の上に頭を乗せる。

「……どうだろうか？」

伊織と違《ちが》って膝枕に自信などない春輝は、恐《おそ》る恐る尋《たず》ねた。

「あ……なんかこれ、思ったよりいいかも……です……」

けれど伊織が徐々《じょじょ》にリラックスした表情になってきたので、ホッと安堵《あんど》する。

「ふふっ、なんだかこの距離《きょり》は照れますね」

春輝を見上げて、伊織がはにかんだ。

「君が膝枕するのと、距離としては同じだろ？」

「そうですね……こんな風に見上げるっていうのが、新鮮《しんせん》なのかもしれません」

「かもね」

お互《たが》い顔は少し赤く、照れが見られる。

そんな中、春輝はそっと伊織の髪《かみ》に触《ふ》れた。

ピクリと少し伊織の身体が震《ふる》えたが、拒絶《きょぜつ》はされない。

「君は、あれだ」

ゆっくりと、頭を撫《な》でながら。

「もっと、誰《だれ》かを頼《たよ》っていい。君だって誰かに甘えていいんだ。例えば……俺とか、な」

そう言うと、伊織は軽く目を見開いた。

「……ありがとうございます」

未《いま》だ強張《こわば》っていた身体から、徐々に力が抜《ぬ》けていく。

（……前から言おうと思ってたこと、ようやく言えたな）

それも、思ったよりスムーズに。先日のソファでの件といい、以前の春輝ならば絶対に出来なかったことだ。彼女たちとの距離が縮まった証《あかし》、と言えるのかもしれない。

「でも、私は今だって春輝さんのこと頼りにしてますよ。ずっと……出会った頃《ころ》から」

ぼんやり考え事をする春輝の顔を、どこか眩《まぶ》しそうに伊織が見上げてくる。

「ははっ、それは光栄だ」

「もう、本当なのに」

冗談《じょうだん》だと思って笑うと、伊織は頬《ほお》を膨《ふく》らませた。珍《めずら》しい、子供っぽい仕草だ。

「本当に私は、春輝さんのこと……」

言葉の途中《とちゅう》で目がトロンとしてきて、徐々に伊織は船を漕《こ》ぎ始める。

「……すぅ」

そのまましばらくすると、完全に寝入《ねい》ったようだ。

(俺も、多少は信用されてきたってことかな)

その無防備な寝顔を見て、そんなことを思う。

(にしても、ホントに疲れ切ってたんだな……)

でなければ、流石にこんな風に話の途中で眠《ねむ》りに落ちたりはすまい。

「んぅ……」

小さく身じろぎする伊織の頭を、引き続き撫で続けていると。

「……お父さん」

そんな寝言と共に、彼女の目から一筋の涙《なみだ》が流れ出た。

(……俺は、色々と中途半端《ちゅうとはんぱ》だな)

その涙を指で拭《ぬぐ》いながら、そんなことを考える。

(この子たちの事情も、どこに出かけて何をしてるのかも知らずに……知ろうとせずに。

それなのに、保護者面《づら》してる。頼ってくれ、だなんてどの口で言ってんだか）

自分に対して唾棄《だき》すべき思いを抱《いだ》きつつも、今だけは彼女に安寧《あんねい》が訪《おとず》れればと。

矛盾《むじゅん》する感情を抱《かか》えながら、春輝は伊織の頭を撫で続けた。

◆　◆　◆

春輝の日常は、過ぎていく。

激務に追われていたかつてより、ゆっくりと。同時に、騒《さわ》がしく。

少なくとも表面上は、穏《おだ》やかに。

「よーし、俺の勝ちぃ！　ふっ、このゲームは結構やり込んでたからな」

「むぅ……ハル兄、大人げない……」

「おや？　白亜ちゃんはもう大人だろ？　大人相手に手加減なんてする必要ないよな？」

「ムフン……確かに、わたしはもう大人だから手加減は必要ない」

「チョロいなこの子……」

「失礼、チョロくない」

「おっと、聞こえてたか」

「普通《ふつう》の声量なんだから、聞こえるに決まってる」

「まぁそりゃそうだ、難聴《なんちょう》系主人公でもあるまいし」

「それに万一チョロいとしても、それは……その……ハル兄が相手だから……だし……」

「ははっ、それだけ信頼《しんらい》してくれてるってことかな？　ありがとう」

「…………」

「いたたっ、なぜ頬を膨らませて無言でポカポカ叩《たた》いてくる⁉」

時に、白亜と格闘《かくとう》ゲームで対戦し。

「やん、春輝クン……ちょっとは攻《せ》めるの緩《ゆる》めてよぉ……（パチッ）」

「…………（パチッ）」

「やだ、そんな深いところにまで……（パチッ）」

「…………（パチッ）」

「もう、ウチの弱いとこばっかり……（パチッ）」

「…………（パチッ）」

「……ねぇ、そろそろ何かリアクションしてくんない？（パチッ）」

「王手（パチッ）」

「いや、そういうことじゃなくてさぁ……（パチッ）」

「ネタが使い古されている。減点一〇〇〇（パチッ）」

「まさかのダメ出し……ていうかそれ、何点満点なの？（パチッ）」

「一〇〇〇点満点だな（パチッ）」

「ウチもう全部の点数失っちゃってるじゃん……王手（パチッ）。ちな、これで詰《つ》みね」

「ははっ、そんなわけ…………嘘《うそ》だろ、マジで詰んでるじゃねぇか……」

「ふっ……こう見えて、将棋《しょうぎ》は得意種目よ。ウチに挑《いど》むには早すぎたね、春輝クン」

「何これ、屈辱《くつじょく》感半端ないんだけど……」

時に、露華と将棋を指し。

「おっ、ちょっと芽が出てきたんじゃないか？」

「ですねー。ほーら皆《みんな》、お水だよー。元気に大きくなーれ」

「しかし、家庭菜園か……伊織ちゃんは、いつも俺に無い発想をもたらしてくれるな」

「大袈裟《おおげさ》ですよ。せっかくのお庭を遊ばせておくのは勿体《もったい》ない、って思っただけです」

「荒《あ》れ放題《ほうだい》だったもんな……昔は、お袋《ふくろ》がちゃんと手入れしてたんだけど」

「……春輝さんのご両親って、どんな方なんですか？」

「ん？　別に、普通のサラリーマンと専業主婦だよ」

「ふふっ。春輝さんに似て、優《やさ》しい人たちなんでしょうね」

「別に俺も優しくはないけど……興味があるんなら、そのうち会いに行ってみるか？」

「ふえっ⁉　ご挨拶《あいさつ》ってことですか⁉　そ、それはまだ早すぎといいますか……！」

「まぁ確かに、すぐってわけにはいかないけどな。俺もそんな長い休み取れないし」

「そういう意味ではないのですが……いえ、春輝さんに他意がないことはわかりました」

「ん……？　なんか、ちょっと残念そう？　そんなに会いたかった？」

「そ、そういうわけではなく……あっほら春輝さん、この子なんてもう双葉《ふたば》です！」

「おっ、ホントだな」

「ふう、誤魔化《ごまか》せた…………ひゃっ、虫⁉　春輝さん、と、取ってください⁉」

「ちょ、わかったから抱《だ》きつかないで、動けないから……ぐえっ、意外と力強……⁉」

時に、伊織と野菜の世話をし。

そんな日々を送る中で、彼女たちに親愛の情を抱いていることを春輝も自覚していた。

（もう、家族って感じだな。娘《むすめ》……って程《ほど》は流石《さすが》に離《はな》れてないし、妹ってとこか？）

そう、家族なのである。だから。

「ハル兄、お風呂空いたよ」

「うん、わかった……って、なんだその格好!?」

白亜がスケスケのネグリジェ姿でリビングに現れても、動揺《どうよう》などしないのである。

「わたしは大人の女性だから、これくらい着る」

「完全にブラとパンツ透《す》けて見えちゃってるけど!?」

「見せブラと見せパンということにしたから問題ない」

「見せブラ見せパンってそういう概念《がいねん》じゃやなくない!?」

動揺などしていないのだ。

「ふっ……白亜、その考えの浅さがお子ちゃまだってのよ」

そこに通りがかった、パジャマ姿の露華。

「真の大人はチラリズムで攻めるの。こんな風に……ね？」

艶《つや》っぽい笑《え》みで上着の襟元《えりもと》を大きく開けるので、思わず視線が吸い寄せられて。

「っ!?　ちょぉっ!?」

そこに見えた光景に、春輝は慌《あわ》てて目を逸《そ》らした。

「ふふっ、ブラくらいで真っ赤になっちゃって。春輝クン、可愛《かわい》いんだー」

春輝の反応に、露華はニマニマと大変嬉《うれ》しそうに笑っている。

「いや、その……肌色《はだいろ》しか見えなかったんだが……それも、かなり際《きわ》どいとこまで……」

「は？　今日、肌色のブラなんてしてな……」

言葉の途中でハッとした表情となって、露華は自分の胸を押さえた。

「……ははっ。そういやウチ、寝る時はブラしない派だったわ」

そして、赤くなった顔を逸らしながらそう告げる。

「お、おぅ……」

こんなことがあっても、春輝は動揺などしてないのである。決して。

「いやぁ、にしても春輝クンのラッキースケベ力の高さだよね！　ウチらの恥ずかしいとこ、もうほとんど全部見られちゃってるじゃん！」

未だ赤い顔ながら、誤魔化すように「ははは」と露華は笑う。

「着替《きが》え中にリビングを開けちゃった件については悪いと思ってるけど、それ以外はほとんどそっちから来たやつだろ……それも、露華ちゃん発のが大半だし」

「あれ……？　言われてみると……？　ってことは、もしかしてウチって……」

「ようやく気付いてくれたか……そう、君は……」

「春輝クンと運命の赤い糸で結ばれてる？」

「そんなラッキースケベに紐付《ひもづ》いた運命嫌《いや》だ……普通におっちょこちょいなだけだろ」

「クッ、ウチも薄々《うすうす》思ってたことをハッキリと……」

ぐむむと呻《うめ》く露華だが、冗談めかした調子である。

「ロカ姉、ドンマイ」

「その格好のあんたに言われるとなんか腹立つな……」

しかしドヤ顔の白亜にポンと肩《かた》を叩かれると、何とも言えない表情となった。

「まぁいいや……ほんじゃおやすみ、春輝クン」

「おやすみ、ハル兄」

「あぁ、おやすみ」

二人共その表情のまま、それぞれ挨拶した後にリビングを出ていった。

「あっ、春輝さん」

それとほぼ入れ替《か》わりのタイミングで、伊織が入ってくる。

「実は今日テレビで見て、試《ため》したいことがあるんですけど……いいですか？」

「ん？　なに？」

春輝が首を傾《かし》げると、伊織は春輝の目の前まで歩み寄ってきた。

「はいっ！」

そして、笑顔で両手を広げる。

「えっと……また膝枕《ひざまくら》、ってことかな？」

やっぱり恥《は》ずかしくはあるが、それならまぁいいかと思った春輝。

だが伊織は満面の笑みのまま、予想外のことを言い放った。

「いえ、ハグです！」

「リラックス効果があるそうなので、日々お疲《つか》れの春輝さんを少しでも癒《い》やせればと！」

その顔は、断られることを想定していないように見える。

「……わかった、やってみようか」

断った時の悲しげな表情がありありと想像出来たので、春輝は若干苦笑気味《じやっかんくしょう》に頷《うなず》いた。

（まぁ、今更《いまさら》ハグくらいはどうってことないしな）

心中では、そんな余裕《よゆう》も抱いている。つい先日家庭菜園の世話をしている時に抱きつかれた——どちらかといえば絞《し》め技《わざ》を食《く》らったという印象に近いが——ばかりだし、以前には足の間に座らせて後ろから抱きしめる、などといったこともやっているのだ。

「はいっ！　では、どうぞ！」

伊織は笑みを携《たずさ》えたまま、広げた腕《うで》を軽く上下させる。

（……俺の方からいくのか）

なんとなく、抱きつかれるよりも犯罪度数が高いような気がした。

（オーケーオーケー。今の俺は、イケメンキャラに匹敵《ひってき》するくらいの経験を積んできている……このくらい、全然問題ないさ。余裕だ、余裕）

なんて自分に言い聞かせながら、春輝は恐《おそ》る恐る伊織の方へと身体《からだ》を近づけていく。触《ふ》れるか触れないかのところまで迫《せま》り、この辺りで止まろうとしたところ。

（うおっ⁉）

伊織の方からギュッと強く抱きしめてきたため、思わず驚《おどろ》きの声が出そうになる。

「んっ……」

なぜか、伊織の方から艶っぽい感じの声が出た。

（ふ、ふふっ、この程度、余裕……余裕……よゆ……よ……）

余裕余裕、と胸中で呟《つぶや》き続ける……が、しかし。

（……いや余裕じゃねぇわ⁉　胸の辺りに感じる圧迫感《あっぱくかん》が凄《すご》すぎる！）

後ろから掻《か》き抱《いだ》くのとは、また一味違《ちが》った危険度であった。

（だ、駄目《だめ》だ別のことを考えよう！　えーとえーと……あっ、凄い良い匂《にお》いが……なんで同じシャンプーとかボディソープ使ってるはずなのにこんな違うんだろうな……伊織ちゃん自身の匂いってことか……？　って、いかんいかん！　思考が余計に変態的な方向に向かってるぞ！　この子は家族なんだから、変なことは考えるな！）

それでも、春輝としては動揺などしていないと主張したいわけなのである。

(この子は家族……この子は家族……)

心の中で、念仏のように唱え続ける中で。

(そう……家族、だと思ってるんだよな)

ふと、春輝の頭が妙《みょう》な冷静さを取り戻《もど》した。

あるいはそれは、現実逃避《とうひ》しているだけなのかもしれないが。

(俺は、極力この子たちの事情に触れないようにしてきた)

春輝がずっと、抱《かか》え続けている葛藤《かっとう》でもあった。

(知らないようにしてきた。踏《ふ》み込まないようにしてきた。この子たちは同居人ではあっても、ただ同じ空間で生活してるだけだからって……最初は、そんな風に考えて)

少しだけ腕に力が入って、伊織が「んっ」とまた小さく声を出す。

(でも……俺はもう、この子たちを家族だと思ってしまっている)

もう少し、今度は意図的に力を強めてみる。

すると、伊織の腕に込《こ》められた力も少し強まった気がした。

(だったら……『家族』なら、踏み込まなきゃいけないんじゃないのか？)

面倒《めんどう》事を嫌《きら》って、事情を聞かなかったのは事実。

だが同時に、もう一つ。
踏み込まなかった理由が、春輝にはあった。
(踏み込んで、いいんじゃないのか？)
それは、自分にそんな資格があるのかという悩《なや》み。
差し伸《の》べられてもいない手を勝手に取るのは、傲慢《ごうまん》なのではなかろうかと。
けれど。
(この子たちも、俺のことを家族だと思ってくれてるのなら……)
こちらから手を取っても、いいのではないだろうか。
最近は、そんな風に考え始めていた。
「……なぁ、伊織ちゃん」
決意を込めて、呼びかける。
「はい、なんでしょぉ……？」
すると、紅潮して何やら蕩《とろ》けるような顔が上がってきて。
(……うん。今シリアスな話をするのは、流石に空気が読めてないな)
たちまち、春輝の決意は霧散《むさん》していく。
こんなことも、もう何度目だろうか。

自分が『今聞かなくていい理由』を探してしまっていることは、春輝も自覚している。

（まぁ……そのうち、機を見て尋《たず》ねりゃいいだろ）

そう考える春輝は、無意識に今の環境《かんきょう》がずっと続くと思っていた。

しかし後に、そんなわけはないと思い知り。

ずっと問題を先送りにしてきた自身を、後悔《こうかい》することになるのであった。

◆　◆　◆

それは、春休み終了《しゅうりょう》も間近に控《ひか》えたとある夕刻のこと。

「すみません春輝さん、荷物を持ってもらっちゃって……」

「いいっていいって。こういうとこでも、どんどん頼《たよ》ってよ」

伊織は、春輝と一緒《いっしょ》に買い物に出かけた帰り道を歩いていた。

「あの……春輝さん」

ふと思いついたことを口にするのは、少し勇気が必要だったけれど。

「私たち、その、周りから見るとどんな関係に見えるんでしょうね……？　なんて……」

顔が赤くなるのを自覚しながらも、問いかけてみる。

「ははっ、ちょっと歳《とし》の離《はな》れた兄妹《きょうだい》ってとこじゃないかな？」

　すると、返ってきたのはそんな言葉で。

「……そ、そうですか」

　伊織は、ガックリと肩を落としてしまった。

（……なに期待してるんだか、私）

　こうなることはわかっていたのに、と苦笑する。

（春輝さんにとって、私なんて……せいぜい、妹みたいなもんだよね）

　わかっていたはずなのに、チクリと少し胸が痛んだ。

「ふんふんふーん♪　ふんふんふーん♪」

　傍《かたわ》らの春輝は、伊織の気持ちになんて少しも気付いていない様子で鼻歌を歌っている。

「それ……葛巻小枝《くずまきこえだ》さんのアイドル時代の曲ですよね？」

「おっ、よくわかったね」

　春輝が、パッと嬉《うれ》しそうな笑《え》みを浮《う》かべた。普段《ふだん》はクールな表情が多いのに、こういうところは子供っぽくて可愛《かわい》いと伊織は思う。以前は……一緒に暮らすようになるまでは知らなかった、彼の一面だ。

「はい、白亜も最近よく聴《き》いているので」

「流石《さすが》白亜ちゃん、この曲の良さもキッチリわかってくれてるんだな」

感心したように、うんうんと頷く春輝。

(白亜に感謝、だね)

彼の趣味《しゅみ》について話せることが、伊織にとっては単純に嬉しかった。

「春輝さんは、やっぱりその曲が一番好きなんですか?」

「うーん……まぁ、勿論《もちろん》声優デビューしてからの曲も全部好きだけどね。やっぱ思い出の曲っつーかさ。しんどい場面を一緒に乗り越《こ》えてきたから、思い入れは強いかな」

「そうなんですね」

嬉しいはずなのに、またチクリと胸が痛む。

「会社で、どんどん忙《いそが》しくなっていってさ。アニメも全然観《み》れなくなって。あぁこうやってすり潰《つぶ》されていくんだなぁなんてぼんやり思ってたんだよ。社会人ってそういうもんだよなぁって諦《あきら》めて。そんな時に、小枝ちゃんが新人声優としてデビューしてさ」

喋《しゃべ》りながら、春輝はどこか懐《なつ》かしげに目を細めた。

「っつっても当時の俺は、どうせこの子も毎クール出てきては消えていく新人の一人だろうって思ってたんだけど。ただ、ネットで地下アイドル上がりって情報を見つけて……たまたま、そのCDが売ってるのを見かけてさ。新人声優の黒歴史でも確認《かくにん》してやるかって、悪趣味な気持ちで買ってみたんだ」

言いながら、少しだけ苦笑。

「でも、実際に聴いてみたらさ……前にも言った通り、熱が凄くて。なんだか勝手に力を貰《もら》った気になって……一気に、小枝ちゃんのファンになっちゃったんだ」

それから、恥ずかしそうに頬《ほお》を掻いた。

（本当に、葛巻小枝さんのことが好きなんだなぁ……）

勿論、それが恋愛《れんあい》感情とは別物であることは伊織も理解はしている。

それでも。

（ちょっと、妬《や》けちゃうなぁ……）

チクチクと胸が痛むのは、止められなかった。

（私じゃ、そんな風に春輝さんの力になることは出来ないから……）

いつも、一方的に与《あた》えてもらうばかり。

春輝に言えば否定するのだろうが、少なくとも伊織はそう感じていた。

今だって。あの時から、ずっと変わらず。

「なるほど……そんな思い出の曲だから、会社でも時々歌ってらっしゃるんですね」

胸の痛みを悟《さと》られないよう、努めて明るい口調で相槌《あいづち》を打つ。

「…………えっ？」

伊織としては世間話の延長のつもりだったのだが、なぜか春輝はピシリと固まった。

「あっ、ははっ。そういう心臓に悪い冗談《じょうだん》はやめてくれよ。露華ちゃんじゃあるまいし」

「えっ？」

「……えっ？」

やや硬《かた》い笑みを浮かべる春輝の言葉に疑問を返すと、同じ響《ひび》きが返ってくる。

「……待て待て」

こめかみに指を当て、春輝は首を横に振《ふ》った。

「俺、会社で歌ってなんていないよな？」

「いえ、その…………歌って、ます」

もしかするとここは嘘《うそ》をついてあげるのが優《やさ》しさなのかもしれないが、残念ながら伊織は嘘をつくのが下手くそである。事実として、頷《うなず》くことしか出来なかった。

「……マジ？」

「……マジです」

春輝の頬を、つぅと汗《あせ》が流れていく。

「たぶん、集中して作業されてる時に……無意識だったんですね、あれ。邪魔《じゃま》しないよう歌ってる時の人見《ひとみ》には極力話し掛《か》けるな、ってバイト初日に教わりましたけど……」

「ｏｈ……」


なぜかちょっとアメリカンな調子で呟《つぶや》いて、春輝は天を仰《あお》いだ。

そんな春輝に悪いとは思いつつも、伊織は耐《た》えきれずに噴《ふ》き出してしまい。

同時に、一年程《ほど》前のことを思い出す。


「こ、小桜伊織です！　よろしくお願いします！」

バイトの初日、上擦《うわず》った声での挨拶《あいさつ》と共に伊織は大きく頭を下げていた。

バイト自体これが人生初ということで、緊張《きんちょう》でガチガチである。

「おぉ、女子高生じゃん！」

「可愛い～！」

「我がチームのマスコット爆誕《ばくたん》やぁ！」

とはいえ、社員さんたちが優しく受け入れてくれたのは幸いだった。

……などと思っていたのも、束《つか》の間《ま》のことである。

「あの、これ、データ入力、終わりましたっ！」

「おっ、ありがとう小桜さん！　それじゃ、休憩《きゅうけい》入っていいよ！」

「えっ……？　でも私、さっきも休憩いただきましたけど……」

「いいのいいの、入ったばっかじゃ気疲《きづか》れもしちゃうでしょ？　ゆっくり慣れてってよ」

「あ、はい……」

ニコニコ笑う社員にそれ以上何も言うことが出来ず、伊織は自席に戻《もど》る。

休憩といっても、手持ち無沙汰《ぶさた》で待機するだけである。お手洗いもつい数十分前に行ったし、出来ることといえば既《すで》に何度も読み終えたマニュアルをまた読み返すことくらいだ。

周囲の社員さんたちが忙しそうに動き回っている中で、自分だけがこうして実質何もしていないことに罪悪感が湧《わ》いてくる。

「あ、あの、休憩終わりました。次は何をすればいいでしょう？」

なので、早々に立ち上がってまた指示を仰ぎに行った。

「えっ、もう？　そっかー……じゃあこれ、入力しといてもらえる？」

「はいっ！」

元気よく返事して受け取ったはいいものの、その内容を確認してみると先程と全く同じ形式のものだ。やり方も既に覚えているので、この量であれば十分程度で終わるだろう。

「あの……もう少し沢山《たくさん》いただいても、出来ると思いますけど……それか、別形式のものとかでも……あっ、その、差し出がましいようで恐縮《きょうしゅく》なんですけど……」

恐《おそ》る恐る意見すると、社員はまたニコニコと笑う。

「いいよ、そんなに急がなくても。ゆっくり覚えていってくれればいいからさ。ほら、君のおかげで職場が華《はな》やぐからね。まずは、ただいてくれるだけでもいいの」

「は、はぁ……」

恐らく、悪意はないのだろう。だからこそ、伊織は頷くしかなかった。

（なんか……思ってたのと違《ちが》うなぁ……）

小さく溜《た》め息《いき》を吐《つ》く。

これで伊織も、結構張り切って……そして、ワクワクしながら初仕事に臨《のぞ》んだのだ。学校とは違う、『大人』の社会。その中に混ざることが、怖《こわ》くもあり楽しみでもあった。

だが、蓋《ふた》を開けてみればこの通り。

（確かに、『大人』の中にはいるけど……これじゃ結局、私一人『子供』が紛《まぎ》れ込んでるだけ。なんていうか、ただのお客様みたい……）

激務を望んでいるわけではないが、少しくらいは仕事らしい仕事をしたかった。

（でも、邪魔しちゃったら本末転倒《ほんまつてんとう》だしなぁ……）

なんて葛藤《かっとう》を抱《いだ》きながら、自席に戻る途中《とちゅう》。

「ふんふんふーん♪　ふんふふーん♪」

そんな鼻歌が聞こえてきて、伊織の視線はそちらに吸い寄せられる。

（この人、えっと、確か……人見さん……）

初日における、伊織の彼に対する印象は。

（やっぱり、怖そうな人だなぁ……）

で、あった。

チーム内のメンバーと自己紹介《しょうかい》を交《か》わし合った際、他の人が趣味の話など交えつつにこやかに喋る中で春輝だけは「人見春輝です」の一言で終了《しゅうりょう》して笑顔の一つもなかった。自己紹介後の雑談タイムにも加わらずさっさと席に戻ってしまった春輝のことを、彼の同期は「まぁあいつ、いつもめっちゃ忙しいから……ウチのエースだし、頼《たよ》りになる奴《やつ》なんだけどね。あっ、ちなみにあいつが鼻歌交じりの時は集中してる証拠《しょうこ》だから。邪魔しないよう、歌ってる時の人見には極力話し掛けないでやってな」と苦笑《くしょう》交じりに説明していた。

（邪魔しないように、邪魔しないように……）

鬼気《きき》迫《せま》る表情と共に猛烈《もうれつ》な勢いで手を動かしているのに、鼻歌交じり……というギャップをまた怖く思いながら、伊織は極力足音を立てないようその傍らを通っていく。

「ふふふふぅー♪　んっ？」

なのに、伊織がちょうど横に到着《とうちゃく》した辺りで彼の鼻歌が止まった。

（ひっ⁉　邪魔しちゃった⁉）

ビクリと身体《からだ》を震《ふる》わせ、伊織は恐る恐る春輝の方に目を向ける。

すると、彼も同時に視線を向けてきて。

(怒《おこ》られるっ！)

思わず、伊織は半歩後ずさる。

「あぁ、小桜さん。ちょうどいいや、これ頼《たの》める？　思ったよか早めに必要そうだから」

けれど、思っていたよりずっと穏《おだ》やかな声で春輝は紙の束を差し出してきた。

「……へっ？」

想定外の事態に、伊織は間の抜《ぬ》けた声を上げる。

「……？」

それに対して、春輝が不思議そうに眉根《まゆね》を寄せた。

「あぁ、このフォーマットは初めてだった？　なら、説明すると……」

「あっあっ、いえ！　これならさっきやったので大丈夫《だいじょうぶ》です！」

慌《あわ》てて書類に目を落として確認し、伊織はコクコクと何度も頷いた。

「そっか。なら、この量だとどれくらいで終わりそうかわかるかな？」

「えーと、えーと……」

紙の束を確認してくと、先程別の社員から渡《わた》された作業量の数倍は固い。だが、逆に言えばそれだけだ。単純作業なので、作業時間の見積もりも出しやすい。

「二時間もあれば十分かと！」

「わかった。それじゃ、よろしく」

短く言って、春輝はモニタに視線を戻し……かけて、再び伊織を振り返った。

「ちなみに、他の人からの作業って今どれくらい貰ってる？」

「十分程度で終わるのが一つだけですが……？」

「そっか。じゃあその後でいいから、これもお願い出来るかな？」

と、更《さら》に書類が差し出される。

「さっきのと違うフォーマットだけど、いける？」

「あ、はい。一通りマニュアルは読み込みましたので……」

やたら入れられる休憩時間を利用しての成果であった。

「ん、わからないことがあったら遠慮《えんりょ》なく聞いてくれていいから」

新たな書類を、伊織に手渡して。

「にしても、初日からそこまでやれるなんて頼もしいな」

春輝が、小さく笑った。

「改めてこれからよろしく、小桜さん」

それはきっと彼にとっては大した意味が込《こ》められていたわけではなく、単に思ったことを口にしただけだったのだろう。そんな、何気ない口調だった。

（あっ……）

けれど、伊織にとっては。

（この人は、私のことを『大人』としてチームの一員だって認めてくれてるんだ……）

何よりも欲《ほ》しかったものを、与《あた》えてくれたような気持ちで。

トクンと大きく心臓が高鳴ったことを、鮮明《せんめい》に覚えている。

（きっかけは、そんな些《さ》細《さい》なこと。あの時はたぶん、単に『嬉《うれ》しい』ってだけだった）

未《いま》だに天を仰いでいる春輝の隣《となり》で、伊織はそっと自身の胸に手を当てた。

（だけど、いつの頃《ころ》からか無意識に目で追うようになってて……そしたら、いつも一生懸《いっしょうけん》命《めい》で、とっても優しくて、誰《だれ》かのために頑張《がんば》っちゃう人だって、どんどんわかってきて）

この心臓は今も……あの時よりも、もっと大きく高鳴っている。

（気が付けば、私がこの人に抱く気持ちは『恋《こい》』になってた）

小さく微笑《ほほえ》んで、伊織は春輝の顔を見上げた。

「春輝さん、覚えてますか？　私が、初めてバイトとして着任した日のこと」

「うん……？」

そこでようやく、春輝が天から視線を外す。

「うーん……？　確か、ちょうど去年の今頃だったよな？　その日、特別に何かあったっけ……？　伊織ちゃんに仕事頼んだことしか覚えてねーや」

あの時とは違って、『小桜さん』ではなく『伊織ちゃん』。

口調も、随分《ずいぶん》と砕《くだ》けたものになったと思う。

そんな変化が、たまらなく愛《いと》おしく感じられた。

「ふふっ、初日からあんなに遠慮なく仕事を頼んできたのなんて春輝さんだけでしたよ」

「えっ、そうなの？」

やはりというか、春輝自身はその事実に気付いていなかったらしい。

「後で皆《みな》さんに聞いたところ、高校生バイトで入ったのって私が初めてだから匙《さじ》加減がよくわからなかったそうです。辞《や》めちゃわないように、緩々《ゆるゆる》と育てるつもりだったとか」

「ほーん？」

「春輝さんは、そういうこと考えなかったんですか？」

「ん？　なんで？」

いかにも不思議そうに、春輝は首を捻《ひね》る。

「高校生だろうが成人してようが、チームの一員なことに変わりはないだろ？　別に分けて考える必要はないっていうか、分ける方が失礼なんじゃないか？」

そこまで言ってから、ハッとした表情となって再び天を仰《あお》ぐ春輝。

「って、俺だけがそうだったっつーなら俺が空気読めてなかったパターンかー……なんかごめんな、伊織ちゃん。めっちゃ今更だけど」

どうやら、今更ながらに反省しているらしい。

「……いえ、春輝さん」

一瞬《いっしゅん》迷ってから、伊織は思い切って春輝の手を握《にぎ》った。

春輝の顔に、少しだけ驚《おどろ》きが浮《う》かぶ。

「私は、春輝さんがそんな風に接してくれて嬉しかったです」

「そ、そう……？　ならよかったけど……」

どこか戸惑《とまど》った様子なのは、伊織の言葉に対してなのか、繋《つな》がった手に対してなのか。

「あの、春輝さん」

「どうした？」

春輝とこんな風に手を繋いで歩くことになるなんて、あの時の自分には想像も出来なかった。それどころか、つい一ヶ月前の自分に言ったところで信じないだろう。

「ありがとうございます」

「え……？　何が……？」

伊織の礼に、春輝はキョトンとした表情となった。

確かに伊織自身、唐突《とうとつ》だったとは思うけれど。

「全部、です」

本当の本当に、そう思っていた。

チームの一員として認めてくれたこと。

帰る場所をくれたこと。

甘えていいって言ってくれたこと。

こうして、隣を歩いてくれること。

全部、心から感謝していた。

「ははっ、なんだそりゃ」

こうやって笑ってくれる度《たび》に、もっと好きになる。

（こんな風に過ごしていると、このまま幸せな時間がずっと流れていって……全部が、上《う》手《ま》くいくような気がしてきちゃうなぁ……）

勿論《もちろん》、そんなわけがないことはわかっていた。こうして過ごしていても、伊織の心の奥

では鉛《なまり》のように重く伸《の》し掛《か》かってくる不安が消えずにいる。こんなことをしている場合じゃないんじゃないかと、焦燥感《しょうそうかん》が常に急《せ》かしてくる。

そして……それは、そんな伊織の心中を象徴《しょうちょう》するかのように現れた。

「……っ!?」

それを視界の端《はし》に捉《とら》えた瞬間、伊織の表情は凍《こお》りつく。

少し先の路地に入るか入らないかのところに、見覚えのある男の姿。

向こうは、こちらに向けて軽く会釈《えしゃく》をしている。

「うん？　伊織ちゃん、どうかし……」

「あ、あーっ！　春輝さん、見てください！」

春輝の視線が男の方に向きかけた瞬間、伊織は反射的に逆側を指して全力で叫《さけ》んだ。

「ん……？」

春輝は素直《すなお》に伊織の指した方を見てくれる。

「……別に、何もなくない？」

そこには何の変哲《へんてつ》もない街並みがあるだけで、特筆すべき点は確かに何もなかった。

「えーと、その、街です！」

それでも、どうしても春輝の意識を留《とど》めたくて。とにかく思いついたことを口に出す。

「街が、あの、街、なので、その……あの……！」

だけどいつも以上に頭が回らなくて、だんだん泣きそうになってきた。

「……どこにテンパりポイントがあったのかは、よくわからないけど」

そんな伊織を見て、春輝は苦笑《くしよう》を浮かべて伊織の頭の上に手を置く。

「まずは落ち着きな。ちゃんと、全部聞いてあげるからさ」

ポンポンと頭を撫《な》でられると、不思議とそれだけで落ち着いてきて……同時に、ますます泣きそうになってしまった。本当に、全部を話したくなってしまう。

けれど。

(……ダメ。これは、私たちの問題なんだから)

寸前で、どうにか留まることが出来た。

「あ、はは……すみません。ちょっと、唐突に超弩級《ちようどきゆう》の急用を思い出したのでついついテンパってしまいました。もう大丈夫ですので」

「超弩級の急用なら、大丈夫じゃないんじゃないか……？　よければ付き合うけど」

「あー……いえ、その……」

この優《やさ》しい人を、どうすれば巻き込まずに済むかを考えて。

「下着です！　下着関連のアレですので！」

アパレルショップでの出来事を思い出し、そう口にする。

「そ、そっか……じゃあ俺は、先に帰ってるわ」

狙《ねら》い通り、春輝はどこか気まずげな表情になりながらも納得《なっとく》してくれたようだ。

「はい。私も、すぐに帰りますので」

この言葉に、嘘《うそ》はない。用事自体は、恐《おそ》らくすぐに済むはずだ。

「わかった。ほんじゃ、気をつけてな」

そう言って、春輝は帰路を歩き出した。

それを、ホッとした気持ちで見送って。

表情を引き締《し》め、伊織も件《くだん》の男の方へと歩き出す。

「どうも小桜さん、ご無沙汰《ぶさた》しております」

男は、胡散臭《うさんくさ》い程《ほど》のにこやかな顔で再び伊織に向けて頭を下げた。

「……芦田《あしだ》さん」

男の名を呼ぶ伊織の顔は、知らず苦々しいものとなっている。

「すみませんね、楽しそうなとこをお邪魔《じゃま》してしまって。ただ、こちらも仕事なもので」

「わかっています」

「何なら、先程の男性にも一緒《いっしょ》に話を聞いていただいても……」

「やめてください!!」

空気を震《ふる》わせる程に、大きな声で叫んで。

「それだけは、やめてください……」

次いで出てきた声は、対照的に消え入るようなものだったけれど。

「……あの人は、私たちとは無関係ですので」

最後は、毅《き》然《ぜん》とした表情で言うことが出来た。

「失礼、差し出がましいことを言ってしまいましたね」

慇懃《いんぎん》に、男は頭を下げる。

「それで、例の件なのですが」

「……はい」

この男の口から出てくる話題が伊織に……伊織たちにとって良いものである可能性は非常に低く、伊織の表情は無意識に硬《かた》くなっていった。

「本日は、買い手が見つかりましたということをお伝えしに参りました」

「っ……!?」

けれど、続いた男の言葉は予想以上に悪いもので。

「もう、ですか!?」

動揺《どうよう》に顔を歪《ゆが》めながら、叫んでしまった。

「ええ、これに関しては僕としても少々予想外でしたが。ともあれ……」

伊織の内心など知ったことではないとばかりに、男の笑《え》みは揺《ゆ》るがない。

「期日は、本日より二週間以内とさせていただきます」

「そんな、短すぎます!?」

「それを僕に言われましてもねぇ。これはもう、決定事項《じこう》ですので」

伊織だって、ここで何を言ったところで何も変わらないことはわかっていた。

「……………わかりました。妹たちにも伝えておきます」

だから、唇《くちびる》を強く噛《か》みながらも頷《うなず》くことしか出来なかった。

◆　◆　◆

伊織は、心のどこかで。

この幸せな時間が永久に続くんじゃないかと思ってしまっていた。

そんなはずはないのに。

もう、とっくに知っていたはずなのに。

どれだけ大切なものだって、失われる時はいつか訪れるのだということを。

第5章　灯火《ともしび》の消えた家と姉妹《しまい》の涙《なみだ》と彼の決断と

「ほら春輝《はるき》クン、見て見てっ！」

家を出た途端《とたん》、数歩先行して露華《ろか》がその場でクルクルッと回る。

「……何を？」

しかし何を主張したいのかわからず、春輝は首を捻《ひね》った。

「久々の制服姿、興奮するっしょ？」

「俺にそんな性癖《せいへき》はない。つーか、久々っつっても数日ぶり程度だろ」

ニンマリ笑う露華へと、すげなく返す。実際特に久々には感じなかったし、出会った時が制服姿だったせいか春輝の中では未《いま》だにそちらの印象の方が強かった。

「もう、わかってないなぁ春輝クン。女の子がこういう風に言う時はね？　可愛《かわい》い、って言ってほしいっていうサインなんだよ？」

「はいはい、可愛い可愛い」

「はい出た塩対応！　春輝クン、ウチの身体《からだ》をホント雑に扱《あつか》うようになってきたよね！」

「おい、朝っぱらから誤解を招くようなこと言うな」

「夜ならヤってもいいの？」

「その言い方もなんか誤解を招くからやめなさい」

なんて、春輝と露華がじゃれ合うような傍《かたわ》らでは。

「白亜《はくあ》、人が多いから手を繋《つな》いでいこうね？」

「むぅ……イオ姉、わたしはそんなに子供じゃない」

手を差し出す伊織《いおり》に、白亜が頬《ほお》を膨《ふく》らませていた。

「そっか……確かにそうだよね」

「あっ……」

伊織が手を引っ込めようとしたところで白亜がそんな声を出し、伊織の手を摑《つか》む。

「……でも、手は繋ぐ」

そして、視線を外しながら呟《つぶや》いた。

「ふふっ、そっか。じゃあ、手は繋いでいこうね」

「うん」

微笑《ほほえ》む伊織に、白亜はムフンと満足げな表情だ。

春休みが終わり、学生にとっては今日から新年度が始まる。春輝としては概《おおむ》ね昨日までと同じ日々が続くだけだが、制服姿の三人とこうして出社するのは少し新鮮《しんせん》だった。

（……流石《さすが》に、職質されたりはしないよな？）

内心で、若干の不安を覚える。

（ちょっと歳《とし》の離《はな》れた兄妹《きょうだい》って感じに見えるだろうし……見えるよな？）

気安いやり取りをしているし、他人とは思われないだろうと信じたいところであった。

なんて考えていると少し歩くペースが遅《おそ》くなって、先を歩く三人を眺《なが》める形となる。

「……ところでお姉、なんか春休み前よりシャツがパッツーンってなってない？」

「へっ!?　そ、そそそそ、そんなわけないじゃない！」

「わたしの見立てでは、春休みの間にイオ姉のお乳がまた更《さら》なる大乳に進化している」

「ちょっと白亜、春輝さんの前でそんな……！」

彼女たちのやり取りを、何とは無しに聞いていていて。

「……三人共、何かあったのか？」

ふと、春輝はそんな問いを投げかけた。

『っ!?』

三人の身体が、小さく震える。

それから少しだけ間が空いて、三人揃《そろ》って振《ふ》り返ってきた。

「ハル兄、何かとは？　問いかけが曖昧《あいまい》過ぎる」

「それは……まぁ、そうだな……」

自分でも何を思って尋《たず》ねたのかイマイチわからず、白亜の問いに答えあぐねる。

「にひひっ、春輝クンもお姉の胸が気になってるんでしょー？」

「いや、そういうわけじゃないんだけど……」

しかし、露華のノリに合わせるような気にもなれなかった。

「新学年ですから、少し緊張《きんちょう》しているのかもしれません。露華なんて、新入生ですし」

「ま、春休み初日に受け取ってからずっと着てたんで制服だけはもう着慣れたけどねー」

「わたしも、最上級生として大人な振る舞《ま》いを心がけねばと少し緊張している」

「そう、か……」

緊張。なるほど、そう言われればそうなのかもしれない。それが、どこかいつもと違《ちが》うように春輝には感じられたのだろう。だから、ついつい先《さき》の問いを発してしまった。

……と、納得出来れば良かったのかもしれないが。

(なんだ、この違和感《いわかん》……？)

気が付けば、春輝は完全に立ち止まっていた。

(今までと同じ笑顔に見えるんだけど……その裏に、何か隠《かく》してるような……？)

あまりに漠然《ばくぜん》とした感覚で、言葉に落とし込むことが出来ない。

「春輝さん、どうされました？」

「早く行かないと、遅刻《ちこく》しちゃうよ？」

「電車の時間、もうすぐ」

三人も立ち止まり、春輝のことを待っている。

「あぁ……いや、なんでもない。悪い、行こうか」

こんな曖昧な『何か』で遅刻するわけにもいかず、春輝は歩みを再開させた。

致命的《ちめいてき》な何かを見逃《みのが》しているような……朧《おぼろ》げな、焦燥感《しょうそうかん》のようなものを抱《かか》えながら。

◆　◆　◆

学生の春休みが終わろうと、春輝には一ミリも影響《えいきょう》は生じない。

そう、春輝自身には。

ただ、春輝の生活という意味では大きな変化が生じていた。

「ただいまー」

それは、帰る家に明かりが灯《とも》らなくなったこと。一応電気が消えているだけという可能性も考慮《こうりょ》して挨拶《あいさつ》と共に玄関《げんかん》の扉《とびら》を開けたが、家の中に人の気配は感じられない。

「……今日も、俺が一番乗りか」

独り言と共に靴《くつ》を脱《ぬ》ぎ、ひとまず自室へ。着替《きが》えを済ましてから、キッチンに向かう。

するとラップがかけられた皿がいくつも載《の》っているテーブルがまず目に入ってきた。

テーブルの端《はし》の方にメモが書かれた紙があったので、それを手に取る。

『春輝さん　先に食べていてください　伊織』

学校から一旦《いったん》帰って、これらを用意してからまたバイトに出掛《でか》けたということなのだろう。今日はほぼ定時で上がった春輝と、ちょうど入れ替《か》わりになる形であった。

「別に、気ぃ遣《つか》わなくていいのにな……」

メモを見ながら、ポツリと呟く。

「俺も、本格的に料理覚えてみるか……？」

春輝が料理を分担するようになれば伊織の負担も減るだろうが、流石に毎回炒飯《チャーハン》というわけにもいくまい。一人暮らし状態の時にはとてもじゃないがやる気が起きなかったが、伊織たちのためであれば料理も覚えられるような気がした。

「……まぁ、伊織ちゃんは受け入れてくれなそうだけど」

恐縮《きょうしゅく》しきりな様子で首を横に振る伊織の姿が容易に想像出来る。

「ただいま」

なんて考えていたところ、玄関の方から白亜の声が聞こえてきた。

「おかえり、白亜ちゃん」

キッチンを出て、白亜を出迎《でむか》える。

「ただいま、ハル兄」

玄関先で改めて挨拶を返してくる白亜……その顔が、どうにも優《すぐ》れないように見えて。

「……学校で、何かあった？」

「学校……？」

尋ねると、白亜はなぜか怪訝《けげん》そうに眉根《まゆね》を寄せた。

それから、ハッとした表情を見せる。

「別に、普通《ふつう》の学校生活。何もない。平常運転。すべて世は事も無し」

それから、少し早口気味にそう返してきた。

「そう……？　ならいいんだけど……」

その様子も、どうにもおかしいように感じられたが。

（まぁ年頃《としごろ》の女の子だし、俺には言いたくないこともあるのかな……？）

とりあえずは、そう納得《なっとく》しておいた。

「何かあったら、何でも言ってくれよ？　出来る限りのことはするからさ」

極力頼《たよ》りになりそうな笑顔を心がけ、本心からの言葉を送る。

「ハル兄……」

すると白亜の瞳《ひとみ》が、縋《すが》るような光を帯びた……ような、気がした。

「大げさ。勉強漬《づ》けで、ちょっと疲《つか》れただけ」

けれどそれも一瞬《いっしゅん》で霧《む》散《さん》し、白亜は「やれやれ」と肩《かた》を竦《すく》める。

「そんじゃ、気分転換《てんかん》に一緒《いっしょ》にゲームでもどうだ？」

「ん……魅力《みりょく》的だけど、先に宿題を終わらせておきたいから」

ふるふると小さく首を横に振ってから、春輝を見上げてくる。

「ハル兄、またパソコン借りてもいい？」

「あぁ、宿題ってまた情報の授業のやつなのか？」

「うん」

白亜がこうしてパソコンの貸し出しを願うのは今日が初めてではなく、むしろ春休みが明けてから連日のことであった。そして、夕飯の時間を除いてずっと自室に籠《こ》もるのだ。

「いつも通り、好きに持って行ってくれていいよ」

「ありがとう」

礼と共に笑う白亜だが、その笑《え》みもどこか疲れて見えた。

（情報の授業って、こんな頻度《ひんど》で宿題出るもんなのか……？）

春輝の部屋からノートパソコンを持っていく白亜を見ながら、そんなことを考える。

（ていうか、中学校って帰るのがこんな時間になるくらい授業あるんだっけ……？）

自分の頃はどうだったかと思いだそうとしても、なにしろ十五年近くも前のこと。

記憶《きおく》が曖昧な上に今と共通しているのかもわからず、答えは出てこなかった。


春輝が帰宅してから数時間が経過し、十二分に『夜』と称《しょう》して良い時間になった頃。

「たっだいまー……」

自室で寛《くつろ》いでいた春輝は、そんな弱々しい露華の声を聞いて玄関先に顔を出した。

「おかえり、露華ちゃん」

「うぃっす春輝クン、出迎えごくろー」

ふざけた調子で敬礼する露華だが、その動きにもキレがない。

彼女がこうして疲労困憊《ひろうこんぱい》といった感じで帰ってくるのもまた、春休みが明けてから連日のことであった。なんでも、遅くまで部活動をやっているのだとか。

「今日も、部活？」

「は？」

春輝の問いに、「何言ってんだコイツ？」とでも言いたげな表情を浮《う》かべる露華。

「……あっ⁉　あ、うん！　そうそう部活部活！」

それから何かに気付いた様子を見せた後、白々しい笑みを浮かべる。

「毎日遅くまで大変だな」

「まぁ、部活だからねー」

「やっぱ、厳しいの？」

「まぁ、部活だからねー」

「それでも部活、楽しい？」

「まぁ、部活だからねー」

疲労で頭があまり働いていないのか、露華は同じ言葉を繰《く》り返すのみである。

「ていうか露華ちゃん、何部なんだっけ？」

「んあー、将棋《しょうぎ》同好会？」

その回答もなんとなく適当な雰囲気《ふんいき》に感じられたのは気のせいか。

「……将棋同好会って、こんな遅くまで活動するもんなのか？」

「あっ……」

問いを重ねると、露華は「やっちまった」といった感じの表情を浮かべる。

「いやぁ、ウチんとこはほらあれ、強豪《きょうごう》校ってやつだから！　みっちりやるんだよね！」

「同好会なのに……？」

「同好会でも大会には出れるからね、うん！」

「つーか、将棋でそういう疲れ方する……？」

「プロの棋士《きし》なんて一回の対局で結構痩《や》せるって言うじゃん⁉　実質肉体労働よ！」

と、早口で捲《まく》し立て。

「そんじゃ、そういうことで！」

スチャッと手を上げ、春輝の横を通り抜《ぬ》けて階段を駆《か》け上がっていってしまった。

「……何か隠してる、よなぁ」

露骨《ろこつ》な態度に、春輝は小さく溜《た》め息《いき》を吐《つ》く。

「大したことじゃないならいいんだけど……」

無理矢理に聞き出すことも出来ず、春輝にはそう願うことしか出来なかった。


露華の帰宅から、更《さら》に数時間。

時計の針は既《すで》に深夜と言って差し支《つか》えない時刻を指している。

「ただいま帰りましたぁ……！」

伊織の声が聞こえたのは、以前の春輝にとってはお馴染《なじ》みの時間帯であった。終電に乗って帰ってくれば、ちょうどこれくらいの時刻になるはずだ。

「おかえり、伊織ちゃん」

「あぁ春輝さん、ただいまです」

出迎えた春輝に、伊織が疲れの滲《にじ》み出た笑みを返してくる。

「すぐにご飯でいいかな？　そろそろだと思って、温めといたけど」

「あっ、もしかしてまた待っていてくださったんですか……!?」

その顔が、恐縮に満ちたお馴染みのものとなった。

「先に食べていてくださいって、書いておいたじゃないですか……」

「ははっ、前に俺が全く同じことを言った時に君たちはどうしてたっけ？」

「うぐっ……」

春輝が笑うと、伊織はそんな風に呻《うめ》いた。

「でも、春輝さんは家主なわけですし……私たちは、置いてもらっている立場で……」

「ま、俺が好きでやってることだし」

申し訳なさそうな伊織の言葉を遮《さえぎ》り、肩を竦める。

「……ところでさ、伊織ちゃん。毎日こんなに遅《おそ》くなるようなら、やっぱ業務範囲《はんい》の拡大
はまだやめといた方がいいんじゃないか？」

それから、そう尋《たず》ねた。

伊織もまた、この時間に帰るのが連日のこととなっている。それは伊織が、今までのエンジニア系の作業に加えて事務系の作業も担当するようになったためだ。春輝は直接その場に居合わせたわけではないが、春休みが明けた日に伊織から申し出たと聞いている。

「いえ、私から言い始めたことですし……時給もアップしてくれましたしねっ！　それに、お仕事の範囲が増えるのはやりがいがありますし楽しいですすっ！」

ニコリと笑う伊織の言葉に、嘘《うそ》はないのだろう。

そう……その言葉、そのものには。

「なぁ、伊織ちゃん」

春輝は、真剣《しんけん》な表情で伊織の目を見つめた。

「な、なんでしょう……？」

伊織の頬《ほお》に朱《しゅ》が差す。

「何か、俺に隠《かく》し事してないか？」

だが春輝の問いに、今度はその顔がサッと青くなった。嘘をつくのが下手な彼女は、少々のテンパりを経て最終的には白状してくれるだろう……そう、考えていたのだが。

「…………」

伊織は、何かに耐《た》えるかのように目を瞑《つぶ》って。

「……何のことでしょう？」

再び目を開いた時には、笑顔を浮かべていた。

「春輝さんに、隠し事なんてしませんよ」

彼女の嘘はやっぱり下手くそで、声も震《ふる》えていたし笑みも露骨な作り笑いだ。

だがそれだけに、秘密を隠し通す意志は強く感じられた。

「……そっか」

だから、春輝は頷《うなず》くことしか出来ない。

「変なこと聞いて悪かった、それじゃ飯にしようか」

「はいっ！　私もう、お腹《なか》ペコペコなんですっ！」

表面上は笑顔で交《か》わし合う、空虚《くうきょ》な会話。

(俺は、そんなに頼りないか……まぁ、頼りないよなぁ……)

その裏側で、春輝は自身に対して無力感を抱《いだ》いていた。

◆　◆　◆

翌日。

「あの……課長、ちょっといいですか？」

出社した春輝は、樅山《もみやま》課長のデスクに向かった。

「うん？　なんだい？」

樅山課長が、肉付きの良い首をぷにょっと傾《かたむ》ける。

「小桜さんのことなんですが、もう少し業務を調整してやれませんか？　学業が本分なわけですし、あまり遅い時間まで拘束《こうそく》するというのは……」

「ほっほっ、よく知ってるねぇ人見《ひとみ》くぅん？　君、最近は定時上がりが多いのに」

「い、いえその、そういう話を聞いたものですから」

顔が強張《こわば》るのを自覚しつつも、どうにか言い繕《つくろ》った。

「ま、それはともかく」

と、樅山課長が表情を改める。

「誤解してほしくないんだけど、あれは本人の強い希望あってのものだからね？」

「……やっぱり、そうなんですか」

春輝も、薄々《うすうす》そんな気はしていた。かつては春輝も終電常連ではあったが、春輝と伊織では立場も性格も違《ちが》う。まして伊織は貴重な女子高生バイトとして可愛《かわい》がられているし、仕事を押し付けられているという可能性は低いだろうと考えていたのだ。

「その、理由って聞いてますか？」

「さてねぇ。あんまりプライベートの立ち入ったことを聞くわけにもいかないでしょ？」

「ですよねぇ……」

言っていることはもっともなので、頷くしかなかった。

「わかりました、ありがとうございました」

縦山課長に一礼して、席に戻《もど》る。

「……先輩《せんぱい》、どうかされましたか？　何やら浮かない顔ですが」

その途中《とちゅう》で、貫奈《かんな》が話しかけてきた。

「いや、ちょっと寝不足《ねぶそく》なだけだよ」

彼女に言っても仕方ないことだろうと、誤魔化《ごまか》しておく。

「そうでしたか。先輩のことなので大丈夫《だいじょうぶ》だとは思いますが、身体《からだ》にはお気をつけて」

「あぁ、ありがとう」

深夜アニメの視聴《しちょう》やゲームのやり込みなどで学生時代から寝不足状態が多かった春輝なので、貫奈もあっさりと納得《なっとく》してくれたようだ。

「……そういえば、先輩」

そこでふと、貫奈は何かを思い出したような表情となる。

「昨日って、小桜《こざくら》さんの学校は創立記念日か何かだったんですか？」

「ん……？　いや、普通《ふつう》に登校していってたけど……？」

なぜそんな質問が出てきたのかわからず、春輝は首を捻《ひね》った。

「……やっぱり、小桜さんの登校状況《じょうきょう》をご存じなんですね？」

「い、いや、ほら、近所だから！　割と一緒《いっしょ》の時間に歩いてることが多いんだよな！」

誘導尋問《ゆうどうじんもん》に引っかかってしまったかと、慌《あわ》てて言い訳を取り繕う。

「それより、急に何の話だ？」

「……まぁいいですけど」

納得した様子ではないが、小さく息を吐いて貫奈は表情を改めた。

「昨日の昼に、喫茶店《きっさてん》で彼女の姿を見かけたので。普通に平日でしたし、創立記念日か何かで学校はお休みだったのかなぁと思ったんですよ」

「そりゃ、昼休みに喫茶店に行っただけなんじゃないか？」

「いえ、そういう時間帯ではなかったですよ？　というかそもそも、制服姿ではなくてその店の従業員服っぽい格好をしてましたし」

「バイトってことか……？　だったら尚更《なおさら》、見間違いか何かだろ」

貫奈を疑うつもりはなかったが、伊織が昨日も制服姿で春輝と一緒に家を出たのは確かな事実だ。もっとも、逆に言えば日中の行動までは把握《はあく》していないということでもあるのだが……そもそも、伊織のバイト先は他《ほか》ならぬこのオフィスである。

「まぁ確かに外から見ただけなので、確実とは言えませんが……」

「そういやアタシも見ましたよ、人見さぁん」

と、ちょうど通りかかったらしい後輩が話に入ってくる。以前には見られなかった光景だが、最近ではこうして春輝が話しかけられるのも決して珍《めずら》しいことではなかった。

「見たって、小桜さんを？」

「小桜違いですけどぉ」

彼女の物言いに、春輝は再び首を傾《かし》げた。

「昨日、アタシ有休だったじゃないですかぁ。だもんで、服買いにいったんですけどぉ。妹さんの、ギャルっぽい方の子？　対応してくれた店員さんがその子でしたよぉ」

「おっ、そういう話だったら俺もあるよ。あの、チビっ子の方さ。なんか昼間っから路上配信してたっぽいぜ？　パソコンとカメラ抱《かか》えて、投げ銭よろしく的なこと言ってたし」

「ええ……？」

次々寄せられる目撃《もくげき》情報に、春輝は困惑《こんわく》する。

（学校行くフリして、バイトや路上配信をやってる……って、ことか……？）

目撃情報が正しいとすれば、そういうことになる。

春輝としては、伊織たちを信じたいところではあったが。

（あの子たちが春休み明け頃《ごろ》から俺に何かを隠しているのは確実だし、もしかするとそれに関係してるのか……？　例えば……伊織ちゃんはバイト掛《か》け持ちで……露華ちゃんの疲《つか》れも、朝からバイトをしてるせい……白亜ちゃんも学校行かずに路上配信やら収録やらをして、帰ってからパソコンで編集している……と考えると、辻褄《つじつま》は合うな……）

むしろ、それしかないような気すらしてきた。

（いや、決めつけるのはよくない）

そう、考えはするものの。

（……今日の昼休み、確かめに行ってみるか）

春輝は、内心で方針を固めた。

◆　◆　◆

その後、若干《じやっかん》集中力に欠きながらも午前中の業務をこなして迎《むか》えた昼休み。

「……ここか」

春輝は、貫奈が伊織を目撃したという喫茶店の前にいた。個人経営なのか、小さいながらもなかなか瀟洒《しょうしゃ》な雰囲気《ふんいき》だ。喫茶店といえば全国チェーンの店くらいしか利用しない春輝としては、少々入るハードルは高く感じられる。

「……よしっ」

しかし気合いの声一つ、意を決してその扉《とびら》を開けた。

カランコロンカラン、ドアに取り付けられたベルが小気味の良い音を奏《かな》でるのと同時。

「いらっしゃいま……」

胸が強調された感じの従業員服を着た少女が、出迎えてくれて。

「………………せ」

春輝の顔を見て、その営業スマイルを固まらせた。

「……お、おぅ」

ちなみに、思わず固まってしまったのは春輝も同様だ。

こうして、お互《たが》いにぎこちない表情を浮《う》かべたまま見つめ合うという謎《なぞ》の構図が発生。

「？」

そんな二人へと、マスターらしき男性が不思議そうな視線を向けていた。

それから、数分の後。

「……それで。春休み中から、ウチの会社と並行してここでもバイトしていたと？」

「はい……会社がお休みの日などは、こちらでバイトしていました……」

喫茶店の一席にて、春輝の質問を受けた伊織が項垂《うなだ》れていた。他に客もいないし深刻そうな雰囲気なので、ということでマスターが許可してくれた形だ。春輝としては「大丈夫かこの店」と思わないでもなかったが、お言葉に甘えることにした。

「春休みが明けてからも、学校行かずにずっとバイトしてたってのか？」

「は、はい……日中はこちらで、夕方からは春輝さんのところで……」

ついつい言葉が刺々《とげとげ》しいものになってしまったせいか、伊織がビクッと震える。

「あぁ、いや、別に責めてるわけじゃなくて。ただ、事情を聞かせてほしいってだけで」

手を振《ふ》ってそう付け加えるも、伊織は泣きそうな表情のままだった。

「……はい、わかりました」

けれど一瞬《いっしゅん》迷った素振りを見せた後に、小さく頷く。

「私たちのお母さんの件については、前にもお話ししましたよね？」

「……あぁ」

確か、白亜が生まれてすぐに亡《な》くなったという話だったはずだ。

「お母さんが亡くなってからは、お父さんが一人で私たちを育ててくれました。お父さんは小さいながらも会社を経営していてとっても忙《いそが》しかったと思うんですけど、私たちのことを蔑《ないがし》ろにしたりはせずに大切にしてくれました」

表情は沈《しず》んだまま。それでもその口調からは、父親への深い親愛の情が感じられる。

「でも去年、事業が失敗して……たぶんあんまり良くないところからもお金を借りて、それでも会社は潰《つぶ》れて……多額の借金が残ってしまって……」

そこからの話の流れは、なんとなく予想出来る気がした。

「お父さんは、その返済のためにマグロ漁船に乗って一人で外海に出てしまったんです」

と思ったら、全く予想出来ていなかった流れだった。

「えっ、マグ……？　何て……？」

思わず聞き返してしまう。

「マグロ漁船です。良くも悪くも、思い立ったらすぐに行動してしまう人なので……」

伊織も春輝の言わんとしていることを理解しているのか、苦笑《くしょう》気味となっていた。

「だけど、なんだかんだでこれまで色々な逆境を乗り越《こ》えてきた人です。私は、きっとお父さんが帰ってきて何とかしてくれると信じています。露華も、白亜も」

言葉通り、その目には信頼《しんらい》の色が見て取れる。

「……でも、周りはそう思ってはくれなくて」

そこに、再び暗い影《かげ》が差した。

「お父さんは逃《に》げたんだって思われて。あの日、帰ったら家は差し押さえたって言われて……急に家を追われて、行くところがなくなって……ほとんど着の身着のままで、お金もあんまり持って無くて……とりあえず、その日の宿を探して……」

「そこで、俺に会ったってわけか……」

話が繋《つな》がった……と考えかけて、春輝は当初の疑問に立ち返る。

「バイトしてたのも、借金返済の足しにってことか……？」

「……はい」

春輝の問いに、伊織はおずおずと頷《うなず》いた。

「でも、言っちゃ悪いけど会社レベルの借金なわけだろ？　多少バイトしたくらいでどうにかなる話でもないと思うんだけど……？」

「それでも！」

声を荒《あら》らげて身を乗り出してから、伊織はハッとした表情となって再び腰《こし》を下ろす。

「それでも……少しでも、稼《かせ》がないといけないんです」

切実そうに言う声は、少し震《ふる》えていた。

「……急ぐ理由があるってことか？」

重ねて尋《たず》ねると、伊織は小さく頷く。

それから、少しの沈黙《ちんもく》を挟《はさ》んで。

「……期日までに、借金の一部だけでも返さないと」

また迷う素振りを見せた後に、ポツリポツリと語り始めた。

「家を売却《ばいきゃく》するって、言われているんです」

その目の端《はし》に、大粒《おおつぶ》の涙《なみだ》が溜《た》まっていく。

「お母さんとの思い出が詰《つ》まった家で……お父さんが帰ってくる家だから……私たち、どうしても手放したくなくて……だから……」

それが、ポロリと頰《ほお》を流れ落ちた。

「精一杯《せいいっぱい》バイトを詰め込んだところで、焼け石に水なことはわかってるんです。それでも、やらずにはいられなくて……私も、露華も……白亜まで、中学生じゃバイトは出来ないけど配信者として稼ぐって、頑張ってくれて……なのに、告げられた期限は思っていたよりずっとずっと短くて……それで、私たち……！」

「……無神経なこと言って、ごめん」

春輝の謝罪に、伊織はふるふると首を横に振る。

その後は、春輝が逡巡《しゅんじゅん》する番だった。

「……その、一部の借金を返す期日ってのはいつなんだ？」

けれど結局、踏み込んだ。

「……今日、です」

「きょ、今日⁉」

予想していたよりも差し迫《せま》った状況に、思わず声が荒ぶる。

「なんで……！」

もっと早くに言ってくれなかった。そう言いかけて、ハッと口を押さえる。

（どの口でそんなこと言うつもりだよ……聞かなかったのは、俺の方だろ）

彼女たちの事情に、あえて触《ふ》れないようにしていたのは春輝自身だ。一方的に、庇護《ひご》したつもりになって。保護者気取りで。本当の意味では、歩み寄ろうとしていなかった。表面上の家族ごっこで、満足していた。

（……俺は）

ここが分岐点《ぶんきてん》だと思った。

ハッキリ言ってしまえば、彼女たちの事情は春輝には関係がない。特に金が絡《から》むこととなれば、下手に介入《かいにゅう》するべきではないとも思っている。実際問題、仮に彼女たちの生家が売却されてしまったとしても、春輝の家で保護し続ければ三人が路頭に迷うことはない。

『他人』にしてやるならば、それでも十分だろう。

そう、思いながらも。

（俺は、この子たちの……）

春輝は、グッと拳《こぶし》を握《にぎ》った。

◆　◆　◆

「突然《とつぜん》ですみませんが、やることが出来たので今日この後は午後休を……！」

会社に戻《もど》った春輝は、扉を開けると同時にそう叫《さけ》ぶ。

が、しかし。

「おいやべぇぞ、これ完全にシステム丸ごと全部逝《い》ってるじゃねぇか！」

「なぜか予備機まで死んでますねぇ……！」

「ははっ、スケジューラまで引きずられて全部のジョブがコケてる。逆にウケるわ」

「ちょ、電話取りきれないんで誰《だれ》かヘルプお願いしまぁす！」

蜂《はち》の巣《す》をつついたような大騒《おおさわ》ぎに、春輝の声は完全に掻《か》き消されてしまった。例外なく全員がバタバタとしているその光景から、誰かから聞くまでもなく状況《じょうきょう》は把握《はあく》出来る。

ザ・重障害、であった。それも、全員が徹夜《てつや》を覚悟《かくご》する必要があるレベルの。

「あっ、先輩《せんぱい》！　戻ってらっしゃいましたか！」

と、春輝に逸早《いちはや》く気付いた貫奈が焦《あせ》った表情で駆《か》け寄ってくる。

「人見ぃ！　ダッシュでログ解析頼《かいせきたの》む！」

「人見くん、メーカーの担当者至急呼んで！　直通の番号知ってるよね!?」

「人見ちゃん！　君んとこ発のジョブってどれから再キックしてけばいいんだっけ!?」

「人見さぁん！　人見さんから直接復旧計画を話せってお客さんがぁ！」

次いで、同僚《どうりょう》がわらわらと集まり始めた。

（ど、どうする……!?）

ブワッと焦りによる汗《あせ》が噴《ふ》き出し、俯《うつむ》くとそれがポタポタッと床《ゆか》に落ちる。

（これはたぶん、全員で対応しないとマジでヤバいやつ……！　しかも聞いてる限り、障害の中心は俺が主担当のシステムじゃねぇか……！）

以前の春輝であれば、一も二もなく障害対応に入ったことであろう。

たとえプライベートでどんなに大事な用事があったとしても、だ。

だが、しかし。

（……考えるまでもないな）

社会人になって以来、仕事を最優先に考えてきた。

でも今は、それよりも優先したいものが出来たのだ。

(ここは、土下座してでも許してもらおう……！)

全《すべ》てを丸投げしてしまうことを心苦しく思いつつも、春輝は顔を上げた。

そして、膝《ひざ》をつこうとする……が。

『…………』

なぜか春輝の顔をマジマジと見つめて、貫奈たち同僚一同はパチクリと目を瞬《またた》かせ。

「……と思ったけど、俺もたまにはログ解析くらいしとかんと勘《かん》が鈍《にぶ》っちまうなぁ」

「よく考えたら、直通でいくよりちゃんと窓口通した方が後々の処理が楽だねぇ」

「そういや人見ちゃんがまとめてくれてたし、ジョブ管理表見りゃ順番もわかるわなぁ」

「サーセン、やっぱアタシから頑張って説明しときまぁす！　これも勉強ですねぇ！」

なんて口々に言って、貫奈以外の面々は見る間に散っていった。

「……はい？」

取り残される形となった春輝が、呆《ほう》けた声を出す。

「先輩、こちらは私たちでどうにかしますので……行ってください」

同じくこの場に残っている貫奈が、ポンと肩《かた》を叩《たた》いてきた。

「いや、でも……」

「顔を見ればわかりますよ。やらないといけないことがあるんでしょう？」

仕方ないな、とでも言いたげに小さく笑《え》みを浮《う》かべる貫奈。

「私も初めて見るその表情、ちょっと妬《や》けちゃいますけどね」

それが、イタズラっぽいものに変化する。

「……お前、結構俺のこと好きだよな」

「……はぁ」

冗談《じょうだん》めかして返すと、盛大《せいだい》に溜め息を吐《つ》かれた。

「まぁ先輩のそれは今に始まったことでもないので、置いておくとして」

諦《あきら》めの表情で、貫奈は『置いといて』のジェスチャー。

「急いだ方がよろしいのでは？　先輩にとって大切な何かがあるんでしょう？」

「それはそうなんだけど……俺が抜《ぬ》けて、本当に大丈夫《だいじょうぶ》なのか……？」

つい先程《さきほど》までそう頼むつもりだったのに、こうもあっさりだと逆に不安になってくる。

「舐《な》めないでください、ウチは別に先輩のワンマンチームじゃないんですよ？」

ニッと、貫奈が挑発《ちょうはつ》的な笑みを浮かべる。

「……と、言いたいところですが」

けれど、すぐにそれが苦笑に変わった。

「これについては、小桜さんの功績ですね。先輩の作業が見える化されて、徐々《じょじょ》に私たちに引き継《つ》ぎされてきたからこそ出来るようになったことです」

再び、彼女の笑みはイタズラっぽいものに。

「だから、小桜さんのためだっていうなら皆《みな》さんも納得《なっとく》されると思いますよ？」

「えっ……」

まさかそこまで読まれているとは思わず、春輝の顔が強張《こわば》る。

「言ったでしょう？　先輩は、わかりやすいって」

クスリと笑って、以前と同じ言葉を口にする。

「皆さんも、ようやくそのわかりやすさに気付いたみたいですね」

確かに、前回言われた時……春輝にとっての伊織が、ただの同僚だった頃《ころ》。貫奈以外に、春輝の表情からその感情を読み取るような者はいなかったはずだ。だが先程は、全員が春輝の表情から色々と察してくれたように思えた。

「それに私たちも、そろそろ先輩への恩返しをしたいと思っていたところです」

「恩返しって、そんな大げさな……」

「実際、我々一同ずっと恩に感じてるんですよ？　さっきは先輩のワンマンチームじゃないだなんて言いましたけど、今までは先輩がいてくれるからこそどうにかチームが回ってたところが大きいですし。まぁ、チームを健全化させるという意味でも良い機会かと」

言いながら、貫奈は軽い調子で肩をすくめる。

「先程の通り、私も含《ふく》めて緊急時《きんきゆう》になると先輩に頼《たよ》る癖《くせ》が出来てしまっているようです。それを矯正《きようせい》するためにも、今回先輩は手を出さないでおくべきですね」

「な、なるほど……」

なぜか、春輝が貫奈に説得されるという構図になってきた。

「というわけで……げっ」

とそこで、貫奈が視線をずらして呻《うめ》く。

「人見くぅん」

そちらに目を向けると、巨体《きよたい》を揺《ゆ》らしながら樅山課長が歩いてくるところだった。

「困るよ君ぃ」

眉根《まゆね》を寄せる彼の言いたいことは、春輝にも十分察することが出来た。いくら同僚が気を遣《つか》って頑張ってくれたところで、物理的に手が増えるわけではないのだ。春輝一人分の遅《おく》れは、損害に直結する。管理者としては、それを許容することは出来ないだろう。

……と、思っていたのだが。

「人見くんさぁ、去年一個も有休使ってなかったよねぇ？」

「……へ？」

予想していなかった話題に、春輝の口がポカンと開いた。

「人事部がさぁ、有休取得率についてうるさくなってさぁ。今年は君も、早いうちからちゃんと使っていってほしいんだよねぇ」

「あ、はい、すみませ、え……？」

相手が何を言いたいのかわからず、頭が軽く混乱している。

「と、いうわけでね」

そんな春輝の肩を、ポンと樅山課長が叩いた。

「君、今日はもう午後休で申請《しんせい》しといたから。何なら明日も休んでいいよ」

「えっ、でも……」

戸惑《とまど》う春輝を前に踵《きびす》を返し、樅山課長は背中越《ご》しにグッと親指を立てる。

「私のエンジニア歴は、君より遥《はる》かに長い。君の穴を埋《う》めるくらい造作もないさ」

そう言う彼の後ろ姿は、いつも以上に大きく見えた。

「あ……ありがとうございます！」

樅山課長、そしてその先にいるチームメンバーに向けて大きく頭を下げる。すると何人かが、早く行けとばかりに「しっしっ」と手を振《ふ》ってきた。それが、何とも面映《おもは》ゆく。

「悪い……それじゃ、後は頼んだ」

「お任せを」

最後に貫奈の頼もしい笑顔を受け取ってから、春輝は駆け出した。

◆　◆　◆

どっぷり日も沈《しず》んだ後の、人見家。

「……ただいま」

明かりの灯《とも》った玄関《げんかん》を、伊織は暗い顔でくぐった。

いつもは暖かく見える家の中が、どこか寒々しく感じられる。

「おかえり、お姉」

「……おかえり」

それは、迎《むか》えてくれた妹たちもまた暗い顔をしているからか。

「……春輝さんは？」

「今、いないみたいだね」

「一回帰ってきたっぽい形跡《けいせき》はあった」

あるいは、この家の象徴《しょうちょう》たる人が不在だからなのか。

「二人共、その……お金はどう……？」

妹たちにまでこんな話をしなければいけないのを心苦しく思いつつ、尋《たず》ねる。

「どうにか前借りしてきたけど……やっぱバイトじゃ、たかが知れてるっていうか……」

「わたしも、視聴《しちょう》者さんが入れてくれたお金を下ろしてきたけど……」

二人はそれぞれ封筒《ふうとう》を手にしていたが、何とも心もとない薄《うす》さだ。そしてそれは、伊織が今日までのダブルワークでの賃金を全て入れてきた封筒も例外ではない。

（春輝さん……）

それをギュッと握《にぎ》りしめ、想《おも》い人《びと》の姿を思い浮かべる。

最後に会ったのは、今日の昼。

――待っててくれ
彼は、別《わか》れ際《ぎわ》にそう言って店を出ていった。

（春輝さんが来てくれたところで、どうなるものでもないけど……）

それでも、彼がここにいてくれればきっともう少しは落ち着けるだろうと思う。

が、しかし。

ピンポーン。インターフォンの音が鳴った。

春輝なら直接入ってくるはず。ということは、その時が訪《おとず》れたということだ。

「……はい」

恐《おそ》る恐る、伊織が玄関の扉《とびら》を開ける。

「どうもどうも、こんばんは」

すると、にこやかな男が顔を覗《のぞ》かせた。だが身長は伊織よりも頭二つ分以上高く、それも筋骨隆々《りゅうりゅう》の巨体となれば、親しみやすさよりも恐怖《きょうふ》の方が上回る。頬《ほお》に大きな傷跡《きずあと》まであるとなると尚更《なおさら》だ。やけに小さく見える細身の眼鏡も、凄《すご》みを増している。

だが、恐らくはあえてそういう人選をしているのだろう。

「今日は、有意義なお話が出来るといいですねぇ」

彼こそが、小桜家の債権《さいけん》を握っている会社の担当者……芦田《あしだ》であった。

「……どうぞ」

場所を玄関からリビングに移し、芦田へと伊織がお茶を出す。

「いやぁ、これは気を遣わせてしまってすみませんねぇ」

相変わらず芦田は胡散臭《うさんくさ》い程にニコニコしており、ともすれば『強面《こわもて》だけど気の良いおじさん』といった雰囲気《ふんいき》と取れなくもない。

「それでは、早速本題に入らせていただきますが」

だが細くなっていた目が少し見開かれただけで、彼の纏《まと》う凄みが増す。

「お金の方は、ご用意いただけましたか？」

「……はい」

気圧《けお》されながらも、伊織はゴクリと喉《のど》を鳴らしてから封筒を差し出した。

「今日までに用意出来たのは、これだけです」

そして、深く頭を下げる。

一瞬《いっしゅん》遅《おく》れて、露華と白亜も伊織に続いた。

「残りも必ずお返ししますので、どうか家の売却《ばいきゃく》だけは待っていただけませんか！」

頭上から、芦田が封筒を手に取り中を確認《かくにん》する気配が伝わってくる。

「……はぁ」

次いで聞こえてきた溜《た》め息《いき》に、伊織はビクッと震《ふる》えた。

「まずは顔を上げてください、お嬢《じょう》さん方」

「は、はい……」

恐る恐る顔を上げると、眼鏡を外して布で拭《ふ》いている芦田の姿が目に入る。

「あのですねぇ」

胡散臭い笑《え》みは、そのまま。

「弊社《へいしゃ》としても……それから僕個人としましても、あなた方に同情してはいるんですよ？　お父さんが、多額の借金を残して逃《に》げてしまったのですから」

　続いた言葉に、白亜がキッと芦田を睨《にら》みつけた。

「お父さんは、逃げたんじゃなくて……！」

「白亜、大人しくしときな」

　腰《こし》を浮《う》かせた白亜を静かに露華が諫《いさ》めるが、彼女の手もギュッと強く握られている。

「おっと、これはすみません。少々、言葉が悪かったですね。勿論《もちろん》、僕らもお父さんが帰ってくると信じてはいますよ。信じてはいますがねぇ……」

　そこで言葉を切った芦田の顔から、笑みが消えた。

「こっちも、遊びでやってるんじゃないんでね」

　今まで以上の威圧感《いあつかん》に、三人の身体《からだ》は知らずビクッと震える。

「金額から察するに……懸命《けんめい》にバイトをされた結果、というところですか」

「……はい」

　それでも目を逸《そ》らすことなく、気丈《きじょう》に伊織は頷《うなず》いた。

「お嬢さん方であれば」

　一瞬目を伏《ふ》せて、再び眼鏡をかける芦田。

「もっと効率よく稼げる方法もあるでしょう。どうしても家を手放したくなければ、なぜそれを選択《せんたく》しなかったんです？　働ける場所がわからないというのなら、こちらから紹介《しょうかい》することだって出来ますが？　その場合、もう少し期限を延長しても構いません」

舐《な》めるような視線が、順に三人へと向けられた。

いやらしさは感じない。ただ、『商品』を品定めする冷たい目だ。

「それは……」

伊織とて、考えなかったわけではない。というか、家を追い出された時点ではそうするしかないと考えていた。『神待ち』をすることにしたのも、その覚悟《かくご》あってのものだ。

けれど。

「そういうことはしないと、約束しましたので」

――もうするなよ、昨日みたいなこと

ぶっきらぼうにそう言う彼の姿を思い出して、伊織の口元に小さく笑みが浮かぶ。

「その約束は、家を取り戻《もど》すよりも重要なことなので？」

「っ……」

すぐには答えられず、少し間が空いた。

「……はい、そうです」

　だが、最終的に微笑《ほほえ》みを深めて伊織は大きく頷く。

　振り返ると、露華と白亜も似たような表情で頷いていた。きっと二人も、自分たちがそういうことをすれば春輝が悲しむと理解しているのだろう。

「そうですか」

　芦田の顔に、胡散臭い笑みが戻る。

「それがお嬢さん方の選択というのであれば、僕は止めませんが」

　そして、芦田は腰を浮かせた。

「それでは、家の売却手続きを進めさせていただきます」

　その言葉が、ズシリと伊織の胸に重く伸《の》し掛《か》かる。覚悟は決めていたつもりだったが、いざ宣告されると想定していたよりもずっと苦しい気持ちになった。

「評価額次第《しだい》ではありますが、恐らくそれでもまだ全額返済には足りないと思いますので……今後とも、よろしくお願いしますね。長いお付き合いになると思いますから」

　どこまで本心かわからない芦田の声も、頭に入ってこない。

　脳裏《のうり》に、次々と思い出が蘇《よみがえ》ってくる。

　幼い頃《ころ》に、母と過ごした記憶《きおく》。妹たちが初めて家にやってきた日のこと。妹を世話する場面、姉妹《しまい》で喧嘩《けんか》する場面。棺《ひつぎ》に横たわる母に縋《すが》り付いて泣き明かした夜。家事に四苦八苦した日々。玄関先で父が毎日見せてくれた笑顔。

それら全《すべ》てが零《こぼ》れ落ちるように、伊織の目から一筋の涙《なみだ》が流れた。

それから。

その雫《しずく》が床《ゆか》に落ちるのと、ほぼ同時のことであった。

ガチャン！　バタバタバタバタ！

玄関を慌《あわ》ただしく開ける音、次いで家の中を駆《か》けてくる足音が聞こえてきたのは。

そして。

◆　◆　◆

「ぜぇ……はぁ……ちょ、ちょっと待ったぁ……！」

鞄《かばん》を抱《かか》えて息を切らせながらリビングに飛び込んだ春輝は室内を見回し、借金取りらしき男が腰を浮かせている姿と……涙を流す小桜姉妹を確認して、とりあえずそう叫《さけ》んだ。

「……お兄さんは、何者ですか？」

次いで件《くだん》の男に鋭《するど》い視線を向けられ、ちょっとビクッとなる。

「お、俺は……ぜぇ、はぁ……」

息を整えながら、何と名乗るべきか一瞬迷って。

「俺は、この子たちの保護者です……！」

精一杯《せいいっぱい》胸を張って、そう言い切った。

「……なるほど、保護者」

胡散臭い笑みを深めながら、男が値踏《ねぶ》みするような視線を向けてくる。

「僕は芦田と申しまして、まぁいわゆる借金取りというやつなんですけども」

姉妹の方に一瞬目をやってから、再び春輝を見る男……芦田。

「保護者だというなら、お兄さんがこの子たちの借金を肩代《かたが》わりしてくれるので？」

「そうです！」

試《ため》すような物言いに、春輝は迷わず頷いた。

「ほぅ……？」

芦田の表情が、意外そうなものに変化する。

同時に、伊織たちが目を見開く様も視界の端《はし》に入ってきた。

「これで、どうにか足りませんか⁉」

姉妹の方に引き寄せられそうになる目を意識して芦田へと向け直し、春輝は手にした鞄をひっくり返す。すると、中から出てきた大量の現金が床にぶち撒《ま》けられた。それらを拾って、叩《たた》きつけるように机の上に積み上げていく。最初は帯札の付いた綺麗《きれい》な一万円札の束だったが、後半は皺《しわ》の入った五千円札や千円札、小銭も入り混じっていた。

これらはこの半日、春輝が『金策』に走り回って掻《か》き集めたものだ。

「……ふむ」

笑顔を引っ込めた芦田が、顎《あご》に指を当てて机の上の金を見る。

「こちら、全額返済に充《あ》てていただけるということでよろしいのですか？」

「はい！」

今度も、春輝は迷いなく頷いた。

「そんな、春輝さ……」

「いいから！」

身を乗り出してくる伊織を、手で制する。

「どうでしょう……足りますか？」

そして、緊張《きんちょう》を胸に芦田へと再度問いかけた。

「残念ながら、全額返済にはだいぶ足りませんねぇ」

小さく首を横に振《ふ》る芦田に、グッと唇《くちびる》を噛《か》む。

「ですが」

芦田の顔に、笑みが戻った。

「家の売却を停止するには、十分な金額と言えるでしょう」

「本当ですか⁉」

思わず前のめりになり、確認する。

「ええ、勿論。こういう業界だからこそ、僕らは嘘《うそ》はつきませんよ」

そう言う芦田の笑顔は今までの胡散臭《うさんくさ》いものとは異なって、普通《ふつう》の微笑みに見えた。

「ここで家を売却するより、お兄さんから搾《しぼ》り取った方が効率よさそうですし……ね？」

「は、はは……頑張《がんば》ります……」

春輝が返す笑みは、流石《さすが》に引きつったものとなる。

「ふっ、冗談《じょうだん》ですよ」

笑みを深めて、芦田が春輝の肩《かた》をポンと叩いた。

「僕らはねぇ、やっぱりこういうことしてると色々と醜《みにく》いものを見ることになるわけですよ。それこそ、子を売る親とかね。実は、全然珍《めずら》しくもない」

「は、はぁ……」

急に何の話をしだしたのかと、春輝は曖昧《あいまい》に相槌《あいづち》を打つ。

「だから、たまーにこういうことがあるとね。ちょいと贔屓《ひいき》の一つもしたくなるんです」

「……？」

春輝が首を傾《かし》げると、芦田の笑みが今度はどこかイタズラっぽいものに変化した。

「流石に、全額返済していただくまで家の抵当権《ていとうけん》をお返しすることは出来ませんが……残りの返済は、お父さんが帰ってくるまでお待ちすることに致《いた》しましょう」

「えっ⁉　それはありがた……！」

ありがたいです、と言いかけて春輝はハッとする。

「あの、それって結局利子が膨《ふく》らんでいってしまうんじゃ……」

「ここで『待つ』と言ったからには、無利子でお待ちしますよ」

「ええ……？」

実にありがたい話ではあるが、ありがたすぎて逆に疑わしく思えた。

「先程《さきほど》も言った通り、こういう業界だからこそ嘘はつきません。いわゆる仁義を通す、ってやつですね。今の時代でも、あるんですよそういうの」

「なるほど……」

言いながらチラリと伊織に目を向けると、小さく頷きが返ってくる。

どうやら、それなりに信用出来る相手であることは確からしい。

「それに、お兄さんが来る前にお嬢《じょう》さん方には言いましたけどね。僕も、信じているんですよ。彼女たちのお父さんは、いずれお金を用意して帰ってくると……ねぇ？」

芦田の視線を受け、今度は小桜姉妹が揃《そろ》って大きく頷いた。

「ならまぁ、それを気長に待ちましょう。きっと、大物を釣《つ》り上げてきてくれますよ」

冗談めかして肩をすくめてから、芦田は腰《こし》を上げる。

「それでは、用件も済みましたので僕はこの辺で失礼します」

一礼してから、再び春輝に目を向ける芦田。

「お兄さん、お金がご入用の際は是非《ぜひ》ともウチをご利用くださいな。お兄さんなら、色々とサービスして差し上げますから」

「はは……」

本気なのか冗句なのか判断がつかず、春輝は愛想笑いだけを返した。

「今後とも、ご贔屓に」

最後に胡散臭い笑みを顔に戻して、芦田はリビングを出ていく。

カチャ、パタン。玄関《げんかん》の扉《とびら》を静かに開け閉めする音が聞こえて。

「…………………ふぅ」

ようやく緊張から解放された気分で、春輝は深く息を吐《は》き出した。

それから、傍《かたわ》らに視線を向けると。

「春輝さん……」

「春輝クン……」

「ハル兄……」

三人が神妙《しんみょう》な顔でこちらを見ている光景が目に入ってきた。

「はっはっはっ、どうしたどうした。元気ないぞ三人共ー？　お腹《なか》でもすいてるのか？　よーし、また炒飯《チャーハン》でも作ってやろう！　晩飯の用意、まだだろ？」

努めて明るく振る舞《ま》うが、彼女たちの表情が晴れることはない。

「本当に本当に、ありがとうございました。春輝さんのおかげで、思い出の家を……お父さんが帰ってくる場所を、失わずに済みました。このご恩は、一生忘れません」

「ははっ、そんな大袈裟《おおげさ》な……」

床に擦《こす》り付けんばかりの勢いで頭を下げる伊織を、笑い飛ばそうとするも。

「いや、大袈裟じゃないって流石にこれは。マジでありがとう、春輝クン」

露華までが真剣《しんけん》な顔で頭を下げてきて、調子が狂《くる》う。

「ありがとう、ハル兄……！　この話は、子々孫々まで語り継《つ》ぐ……！」

グッと拳《こぶし》を握《にぎ》る白亜には、思わず笑いが漏《も》れた。

「今回出していただいたお金は、少しずつでも必ず返しますので」

「うん、まぁ、お父さんが帰ってきたら相談してゆっくり返してくれればいいよ」

「てか、春輝クンさ。あんなお金、どうやって用意したの？　まさか、春輝クンまで借金して……とかじゃないよね？　そんなのウチら、素直《すなお》に喜べないよ？」

「ふっ、社畜《しゃちく》を舐《な》めんなよ？　俺んとこは、残業代が全部出るって意味じゃホワイトだからな。使う暇《ひま》もほとんどなかったし、結構貯《た》め込んでたんだよ」

冗談めかして、髪《かみ》を掻き上げる仕草をする。

「……？」

とそこで、リビングの一角を見て白亜が疑問の表情を浮《う》かべた。

「ゲームの数、ごっそり減ってる……？」

「ん、あー……ほら、どうせもうほとんどが遊ばないやつだったしさ……」

何と答えたものやら迷い、春輝は曖昧に笑う。

「まさか……!?」

何かに気付いた表情で、白亜は駆け出した。

「白亜……？」

「どったの……？」

顔を見合わせてから、伊織と露華が白亜を追いかける。

「……まぁ、バレるよなぁ。誤魔化《ごまか》し工作するとこまで気ぃ回す余裕《よゆう》なかったもんなぁ」

ガリガリと頭を掻いた後、春輝もそれに続いた。

「無い……！　無い……！　初回限定盤《ばん》も、特装版も、サイン色紙も……！」

向かった先は、春輝の『オタク部屋』で。

「小枝《こえだ》ちゃんの、アイドル時代のＣＤも……！」

そこには、カラーボックスの中を必死の形相で確認《かくにん》する白亜の姿があった。

「ハル兄……！　ここにあった小枝ちゃんグッズ、どうしたの……!?」

青い顔で、白亜が振り返ってくる。

「一応、通常版は一通り残ってるからさ。聴《き》く分には問題ないだろ？　ははっ……」

「そんなことを言ってるんじゃない！」

珍しい……春輝が初めて聞く程の大声で、白亜が叫《さけ》んだ。

「あー……その、な……」

出来れば笑って誤魔化したかったが、白亜の真剣な表情にそれも不誠実かと思い直す。

「金になりそうなものは、全部売ったんだ。貯金だけで足りるかわからなかったからさ」

「そんな……！」

春輝の答えに、白亜が目を見開いた。

「だって……！　ハル兄、宝物だって……！　あんなに嬉《うれ》しそうに話してたのに……！」

ポロポロポロ……その大きな目から、涙《なみだ》が溢《あふ》れ出す。

「ご、ごめんなさい……！　ごめんなさい、ハル兄……！　ハル兄の一番大切なものまで……！　わたしたちのせいで……！　ごめんなさい……！　ごめんなさい……！」

「それは、少し違《ちが》う」

春輝は、俯《うつむ》いてしまった彼女の頭に手を置いてゆっくりと撫《な》でた。

「俺にとって、あれは『一番大切』なものじゃないからな」

「でもハル兄、そう言ってた……！」

「うん、確かに前はそうだった」

実際のところ、コレクションを処分することに少しも思うところがなかったわけではない。それどころか、身を切るような思いであった。

「でも、今は違うんだ」

それでも、処分するのを迷うようなことはなかった。

「今の俺にとって、一番大切なのはさ」

なぜならば。

「何よりも、君たちだから」

自分にとっての『一番大切』は、もう別に出来ていたから。

「わたしたち……？」

　ぐしぐしと鼻を鳴らしながらも、白亜が顔を上げてくれた。

　彼女に微笑《ほほえ》みかけてから、露華、伊織、と順に視線を交《か》わす。

「だってさ」

　続く言葉を口にするのは、少しだけ恥《は》ずかしかったけれど。

「俺たち、家族だろ？」

　ハッキリと、言い切った。

「ハル兄……！」

「春輝クン……！」

「春輝さん……！」

　すると白亜だけでなく、露華と伊織も感極《きわ》まったように目の端《はし》に涙を浮かべる。

　それから、間近にいた白亜を筆頭に春輝の胸に飛び込んでくる素振《そぶ》りを見せた。

（よし来い、全員受け止めてやるぞ……！）

　春輝は両手を広げ、それを受け止める体勢を取る。

『……っ！』

　だが……春輝の手前で、なぜか三人はピタリと動きを止めてしまった。

（……は？）

力を入れようとしていたタイミングを外されて、若干《じゃっかん》体勢が崩《くず》れる春輝。

『…………………』

それっきり、三人に動く気配はない。

（えぇ……⁉　うっそだろ、今の流れでフェイントとかある……⁉）

虚《むな》しく両手を広げたまま、愕然《がくぜん》とした思いを抱《いだ》く春輝だが……目の前で、三人が赤くなった顔を俯けて何やらもじもじとしている様子を見て。

（……はは～ん？　さては、あれだな？）

そんな姿に、ピンと気付いた。

（『家族』だって言われて、照れてるんだな？）

気付いた、つもりであった。

（急に言われて、意識しちゃってるってところかな？　まぁ、俺だって言うのはちょっと恥ずかしかったしな……気持ちはわかるわかる）

と、納得《なっとく》して一人頷《うなず》く春輝であったが。

◆　◆　◆

トクントクン、と大きく脈打つ心臓に手を当てる三人。

彼女たちが抱く感情は、『家族』に対する親愛では……それだけでは、恐《おそ》らくなくて。

（あれ……？　なんでわたし、止まっちゃったんだろ……？　なんだか、急に胸がドキドキしてきて……恥ずかしかった、のかな……？　でも、ただ恥ずかしいだけとも違うような……なんだろう、初めての気持ち……？　これって、もしかして……）

（んんっ……？　今までだったら抱きつくくらいヨユーだったはずなのに、なんか止まっちった……あ、これ、もしかしてアレ？　ウチ、マジのやつになっちゃった……？　ヤバ、こんなドキドキするの初めてかも……お姉には悪いけど、こりゃウチも……）

（あ、危《あや》うく勢いで抱きつこうところだった……！　……あれ？　でも今、そういう流れだったよね？　もしかして、勢いでいっちゃった方がよかったんじゃ？　春輝さんも受け入れてくれそうな雰囲気《ふんいき》だし、今からでも…………あぁ駄目《だめ》、なんか無理!?　前は、ハグだって出来たのに……なんで!?）

春輝からは見えない、その顔は。
恋《こい》する乙女《おとめ》の、それだった。

エピローグ　とある変化と、違和感《いわかん》と……告白と

つい数週間前までは、帰宅時に自宅の明かりが消えているなど当たり前のことだった。

そこに、寂《さび》しさを感じることもなかった。

けれど、いつの間にか明かりが灯《とも》っていることが当たり前になっていて。

それが消えている家を、やけに空虚《くうきょ》に感じるようになっていて。

今また暖かさを感じる明るい家に帰れるようになったことに、妙《みょう》な感慨《かんがい》深さを覚える。

そんなことを考えながら、春輝《はるき》は玄関《げんかん》の扉《とびら》を開けた。

「ただいま」

「おかえりなさい！」

「おかえりー」

「おかえりなさい」

自分にとっての『日常』に迎《むか》えられた。そんな気分。

「ハル兄、わたしが鞄《かばん》持つ」

「おっ、ありがとう」

手を差し出してくる白亜《はくあ》へと、鞄を手渡《てわた》す。すると白亜はムフンと鼻を鳴らし、何やら一仕事終えたかのような満足げな表情となった。

「あっ、春輝クン。ここ、ちょっと解《ほつ》れてるから縫《ぬ》っといたげるよ」

次いで、露華《ろか》がスーツの上着を指差してくる。

そこに目を向けると、確かに縫い目が少し緩《ゆる》くなっているようだ。

「ホントだ……じゃあ、悪いけど頼《たの》めるかな」

上着を脱《ぬ》いで露華へと差し出すと、露華はそれをギュッと掻《か》き抱いて顔を埋《うず》めた。

「んふふぅ、春輝クンのにお～い」

そして、ニマニマとした笑みを浮かべる。

「加齢臭《かれいしゅう》はまだ出てないだろ……？　……出てないよな？」

いつものからかいだとは思いつつも、ちょっと不安になる春輝であった。

「ん～？　ウチは、いい匂《にお》いだと思うよ？」

露華から返ってきたのは、肯定《こうてい》でも否定でもない言葉。念のために自身の腕《うで》の匂いを嗅《か》いでみる春輝だが、自分ではよくわからなかった。

「大丈夫《だいじょうぶ》。わたしも、いい匂いだと思う」

顔を寄せてきた白亜が、スンスンと鼻を動かしてそう言う。

「あ、あの、春輝さん！」

どう解釈《かいしゃく》すればいいのかと微妙《びみょう》な表情を浮かべていると、伊織《いおり》に呼びかけられた。

「わ、私も……！」

そちらに視線を向けると、少し赤くなった彼女の顔が目に入ってくる。

「私も、その……」

伊織は、何やら言いづらそうにモジモジとしており。

「私も……お腹《なか》がすいちゃったので、ご飯にしましょう！」

それから、どこかぎこちない表情でそう言いながらキッチンの方へと足を向けた。

「あぁ、うん、そうしようか」

若干の違和感を覚えつつも、特に反対する理由もないので春輝も頷いてそれに続く。

「…………はぁ」

前方から届いた伊織の溜《た》め息《いき》の音が、少しだけ気になった。

◆　◆　◆

その日の夕食も、慌《あわ》ただしく、けれど明るいもので。小桜《こざくら》姉妹《しまい》の顔から先日までの暗さが完全に消えていることに、春輝は密《ひそ》かに安堵《あんど》していた。

春輝自身も軽くなった気持ちで、食後にリビングで寛《くつろ》いでいると。

「あっ、春輝さん……」

そこに、伊織が顔を出した。

「はーるっきクーン！」

次いでその後ろから露華がやってきて、伊織を追い抜《ぬ》き春輝の目の前で正座する。

それから、なぜだか顔を俯けゴクリと一度喉《のど》を鳴らして。

「……食後の膝枕《ひざまくら》ターイム！　前に約束しちゃったし、タダでいーよ？」

笑みの浮《う》かんだ顔を上げ、春輝に向けて手を広げる。

「なんで、俺から頼んだような物言いなんだ……」

「ま、細かいことはいーじゃん！　ほら、女子高生のタダ膝だよ！」

「何その謎《なぞ》の造語……」

「さぁさぁ、遠慮《えんりょ》せずにドンと来い！」

「はいはい……」

乗らないと終わらない雰囲気を感じ取り、春輝は腰《こし》を上げた。

「……っと。ごめん伊織ちゃん、何か用だったかな？」

そこで伊織の方へと振り返り、先程《さきほど》の用件を問う。

「あっ、いえ……」

春輝と露華を交互《こうご》に見ながら、伊織は何やら言いづらそうにしていた。

「そ、そうだ！　明日の朝食、ご飯とパンどっちがいいですか⁉」

その後に出てきた言葉は今思いついたものにしか聞こえず、最初に言おうとしていたこととは異なるのではなかろうかと思う。

「あぁ、じゃあ、ご飯かな」

「はい、わかりましたっ！」

けれど春輝が答えると、大きく頷いてキッチンの方に戻《もど》ってしまった。

（なんだったんだ……？）

夕食前の溜め息といい、気になる態度である。

（今度こそは、早めに確認《かくにん》しとくか）

先の一件での反省から、そう考える春輝だったが。

「お姉のアレ、春輝クンからは下手に触《さわ》らない方がいいと思うよ？」

内心を見透《みす》かしたかのように、露華がそんなことを言ってくる。

「春輝クンの方からいくとお姉がテンパるのなんて、目に見えてるし……それに」

そして、露華はニッとどこか挑発《ちょうはつ》的な笑《え》みを浮かべた。

「そこで引いちゃう程度ならウチがいただいちゃうからね、お姉」

それは、春輝にではなく伊織への言葉なのだろうか。

「……どういうこと？」

いずれにせよ意味がわからず、春輝は首を捻《ひね》る。

「ま、そのうち春輝クンにもわかる時が来るんじゃない？　どういう形にせよ……ね」

露華の意味深な物言いに、ますます疑問は深まった。

「それより、ほら！　膝枕！」

話はこれで終わり、とばかりに露華はポンポンと自身の膝を叩《たた》く。

「まぁ、いいけど……」

釈然《しゃくぜん》としない思いを抱《いだ》きながらも、春輝は素直《すなお》に横になって露華の膝に頭を乗せた。

（……やっぱ、伊織ちゃんとはちょっと違《ちが》う感じだな）

一番の違いは、障害物が伊織より小さいために顔がしっかりと見えるという点だろう。

「……春輝クン、今ウチとお姉の大きさ比べたっしょ？」

「い、いや、そんなことはないけど？」

ジト目でズバリと言い当てられ、春輝の声は若干《じゃっかん》上ずったものとなった。

「べっつに、いいんだけどねぇ？　実際、お姉より小さいのは事実だし」

そうは言いつつもどこか非難の色を感じるのは、春輝に負い目があるからなのか。

「それに、ウチの武器はそこじゃないしぃ？」

ニンマリと、露華の表情がよく見る笑みに変化した。

「ってことでぇ……春輝クンには、これからじっくりかけてウチの魅力《みりょく》を教えてってあげる。そしたらきっと、ウチの虜《とりこ》になっちゃうんだから。覚悟《かくご》しててよね、春輝クン？」

「ははっ、そりゃ怖《こわ》い」

いつものからかいがまた始まったと思い、軽く流しておく。

けれど、ふと露華の表情が真剣味《しんけんみ》を帯びて。

「……本気、だからね？」

「えっ……？」

春輝は、心臓がドキリと大きく跳《は》ねたのを自覚した。

「……むっ」

そのタイミングで、そんな声が聞こえてくる。

「しまった、ロカ姉に先を越《こ》された……」

声の方に目を向けると、不満げな白亜が顔を覗《のぞ》かせていた。

「ふっふーん、早いもの勝ちだかんね？」

露華が白亜に向ける勝ち誇《ほこ》った顔はすっかりいつも通りに戻っており、春輝は密かにホッとする。あまりの様変わりに先程の真剣な表情は幻《まぼろし》だったのではなかろうかとすら思うが、こちらを真《ま》っ直《す》ぐに射貫《いぬ》く露華の瞳《ひとみ》はバッキリと記憶《きおく》に焼き付いていた。

「確かに、出遅《でおく》れたわたしに落ち度があるのは認める」

未《いま》だ少し動揺《どうよう》が残る春輝の方へと、白亜が神妙な顔で歩いてくる。

「なので、今回はなでなで係で我慢《がまん》しておくことにする」

そして、引き続き神妙な顔のままで春輝の頭を撫《な》で始めた。

「えっと……白亜ちゃん、これは……？」

行動の意図がわからず、先程とはまた違う意味での困惑《こんわく》が春輝を襲《おそ》う。

「なでなでとは、母性の象徴《しょうちょう》。こうすることで、ハル兄はわたしの大人の魅力にノックアウトされるはず……ノックアウト、された？」

「あー……うん、された……かな？」

意味はよくわからなかったが適当に肯定を返すと、ムフーと白亜はドヤ顔となった。

「……実は、お姉より白亜の方が手強《てごわ》いかもね」

「イオ姉にもロカ姉にも、負けないから」

「春輝クン、小さい子好き疑惑《ぎわく》があるしなぁ……」

「甚《はなは》だ遺憾《いかん》ではあるけど、この際それが勝因になっても構わない所存」

姉妹の会話も、やっぱり春輝には何のことかわからない。

「……小さい子好き疑惑を事実として定着させようとするの、やめてくんない？」

なので、とりあえずわかるところにだけツッコミを入れてみたが。

「ま、っつてもお子様に負ける気はしないけど？」

「その台詞《せりふ》は負けフラグだって、いずれ思い知ることになる」

不敵な笑みを浮かべ合う二人に、届いている様子はなかった。

◆　◆　◆

そんな出来事があった、翌朝。

『いってきます』

春輝と小桜姉妹は、四人揃《そろ》って人見《ひとみ》家の玄関《げんかん》を出た。

「いやぁ、しっかしアレだねぇ」

駅の方へと歩き出しながら、露華が小さく溜め息を吐《つ》く。

「こないだまでに比べて気持ち的にはメチャクチャ楽になったけど、いざ学校に行くってなるとそれはそれでダルい感も無きにしもあらずだよねぇ」

「少しだけ同意する」

露華の言葉に、白亜もコクリと頷《うなず》いた。

「もう、二人とも何言ってるの！　春輝さんに感謝して、しっかり勉強してきなさい！」

『はーい』

指を立てて叱《しか》る伊織に、二人が気のない声を返す。

「ははっ、まぁ学校って基本タルいもんだもんな。気持ちはわかるよ」

だいぶ曖昧《あいまい》になっている学生時代の記憶を思い出しながら、春輝は笑った。

「だよねー？　だ・か・ら」

と、露華がススと身体《からだ》を寄せてくる。

「やる気を補充《ほじゅう》するために、春輝クンパワー……ちゅ、注入！」

そして、そんな言葉と共に春輝の手を握《にぎ》ってくる。

直前に一瞬躊躇《いっしゅんちゅうちょ》するような気配があった気がするのは、春輝の見間違いだろうか。

（……なんか、いつもより控《ひか》えめだな？）

腕《うで》に抱《だ》きついてくるくらいは想定していたので、少し拍子抜《ひょうしぬ》けした気分だった。

「……わたしも、ハル兄からパワーをもらう」

と、今度は白亜が逆側の手を握ってくる。

「うん、やる気出た」

春輝を見上げる表情には、言葉通りに妙《みょう》なやる気が感じられた。

「こら、そんな風にしたら……えと、春輝さんが歩きにくいでしょ？」

再び苦言を呈《てい》する伊織だが、先程よりもだいぶトーンダウンしている。

二人に向けた言葉だろうに、なぜかチラチラと春輝の方を窺《うかが》ってくるのも気になった。

（うーん……昨日、露華ちゃんは下手に触らない方がいいって言ってたけど）

流石《さすが》に例の借金クラスの話がまた隠《かく》れているとは思わないが、何か悩《なや》みがあるなら打ち明けてほしいと思う。早めに言ってくれた方が、力になれることも多いはずだ。

（うん……家族、だもんな）

そう考えて、春輝は一つ頷いた。

「あのさ、伊織ちゃん。何か困ったことがあるなら、遠慮なく言ってくれよな」

「あっ、いえ、別に、そういうわけでは……」

小さく首を横に振る伊織だが、露骨《ろこつ》に歯切れが悪い。

「もしくは、俺に不満があるとかかな？　悪いところがあるなら、ちゃんと直すからさ」

「春輝さんに不満なんて、一つもありません！　あるわけないです！」

かと思えば、今度は力強く言い切られた。

「そ、そう？　まぁいずれにせよ、無理に言う必要は……」

「だって、私……！」

ないけど、と言いかけたところに伊織の言葉が被《かぶ》さる。

「私……！」

その目はグルグルと回っていて、テンパっていることは明らかだった。

（ここまでは、露華ちゃんの言う通りだな……）

見慣れた光景に苦笑《くしょう》しながら、春輝は彼女が落ち着くのを待つことにする。

そんな中、伊織は大きく息を吸い込んで。

「私、春輝さんのこと愛してますから！」

一際《ひときわ》力強く、言い切った。

ヒュウゥ……と、一陣《いちじん》の風が吹《ふ》き抜《ぬ》ける。

その春風に全《すべ》ての音が掻《か》き消されてしまったかのように、場を沈黙《ちんもく》が支配した。

周囲の喧騒《けんそう》も、今の春輝の耳には入ってこない。

全員が固まったまま、たっぷり数秒は経過して。

「……そういう方向にテンパったかー」

あちゃー、とばかりに露華が自身の目を手で覆《おお》い。

「……おぉー」

白亜が、感心したように目を瞠《みは》って。

「…………えっ？」

春輝は、呆《ほう》けた顔で呆けた声を上げた。

それからまた、しばらく沈黙が流れた後に。

「…………あっ」

伊織が、ハッとした表情となって。

その顔が、見る見る真っ赤に染まっていって。

そして——

あとがき

どうも、はむばねです。

初めましての方は初めまして、そうでない方はお久しぶりでございます。

どちらの皆様《みなさま》も、本作を手にとっていただきまして誠《まこと》にありがとうございます。

前作『お助けキャラに彼女がいるわけないじゃないですか』の最終巻から一年三ヶ月と間が空いてしまいましたが、無事新作をお届けすることが出来てホッとしております。

なお、このあとがきを書いている現在作者は細菌感染《さいきんかんせん》により三九度の熱が出ており、あまり無事ではないです。抗生物質《こうせいぶっしつ》飲んでるんで、たぶんもうすぐ無事になると思います。


と、完全な余談が挟《はさ》まってしまいましたので本題に戻《もど》りますと。

本作は、私にとって色々と初めてチャレンジする要素が多い一冊となりました（前作の時も同じようなことをあとがきで書いた気もしますが）。

中でも今まで書いてきたものと大きく異なる点と致《いた》しましては、主人公が会社員というところでしょうか。社会人主人公を描《えが》くの自体が初めてなので、当然オフィスや業務に関する描写《びょうしゃ》なんかも初めてです。私はシステムエンジニアも兼業《けんぎょう》でやっておりますので、この辺りはかなり実体験に基づいて書かせていただきました（ただしヒロイン関係は除く。現実には……現実には、ヒロインはいないんですよ……）。

また、主人公が大人ということもあり、全体の雰囲気《ふんいき》も大人しめというか、落ち着いたものになっていると思います………なってるか？　ま、まぁ私の中ではというか、当社比としては落ち着いているはず。落ち着いていると思いたい。

ともあれ。自分にとって初めての試みが多いこともあり、試行錯誤《さくご》しながら作り上げてきたわけですが。作者的には改稿《かいこう》の度に面白《おもしろ》くなっていったと思っておりますので、完成形がどのようなものに仕上がったのか、皆様ご自身の目で確かめていただけますと幸いでございます（本文未読の方向けコメント）。

あと、初めての試みといえば。本作は、小説投稿《とうこう》サイト『カクヨム』にて随時《ずいじ》更新《こうしん》していくという形で試《ため》し読みを公開しておりました。というか、このあとがきを書いている時点ではまだゴリゴリに更新中でございます。

二巻分の内容も先行して『カクヨム』に掲載《けいさい》していくつもりでおりますので、続きが気になる方はそちらも覗《のぞ》いてみていただければと思います。

さて。今回はあとがきのページ数が少なめなので、以下謝辞に入らせていただきます。

イラストをご担当いただきました、ＴｗｉｎＢｏｘ様。美しくも色気が漂《ただよ》う可憐《かれん》なイラストでキャラクターたちを彩《いろど》っていただきまして、誠にありがとうございました。

担当Ｓ様、いつも様々な観点からのご意見いただきましてありがとうございます。前作同様、本作も私一人では絶対に辿《たど》り着けない形で作り上げることが出来ました。

本を出せていない間もずっと応援《おうえん》いただいておりました皆様にも、厚く御礼《おれい》申し上げます。皆様のお声が、日々創作への原動力になっております。

お世話になりました方全《すべ》てのお名前を列挙するわけにも参らず恐縮《きょうしゅく》ですが、本作の出版に携《たずさ》わっていただきました皆様、普段《ふだん》から支えてくださっている皆様、そして本作を手にとっていただきました皆様、全員に心よりの感謝を。

それでは、またお会いできることを切に願いつつ。

今回は、これにて失礼させていただきます。

はむばね

お便りはこちらまで
〒一〇二―八〇七八
ファンタジア文庫編集部気付
はむばね（様）宛
ＴｗｉｎＢｏｘ（様）宛

富士見ファンタジア文庫

世話好《せわず》きで可愛《かわい》いJK3姉妹《しまい》だったら、おうちで甘《あま》えてもいいですか？

令和元年11月20日　初版発行

著者――はむばね

発行者――三坂泰二

発　行――株式会社KADOKAWA
〒102-8177
東京都千代田区富士見2-13-3
0570-002-301（ナビダイヤル）

印刷所――暁印刷

製本所――BBC

ISBN978-4-04-073407-1 C0193

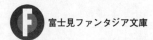

第33回
切り拓け！キミだけの王道
ファンタジア大賞
原稿募集中
キミの物語を世界に示せ――!!
〈大賞〉300万円
〈金賞〉50万円
〈銀賞〉30万円
新・選考委員、決定！
細音啓「キミと僕の最後の戦場、あるいは世界が始まる聖戦」
橘公司「デート・ア・ライブ」
羊太郎「ロクでなし魔術講師と禁忌教典《アカシックレコード》」
ファンタジア文庫編集長
イラスト／ニノモトニノ
後期締切 2020年2月末日
応募の詳細は公式サイトをチェック！
https://www.fantasiataisho.com/